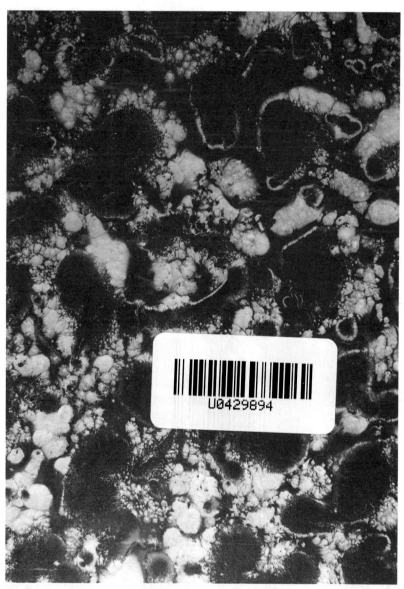

图1 史前的壁画

图2 梦境

图3 宇宙核心之"眼"像钻石般闪辉

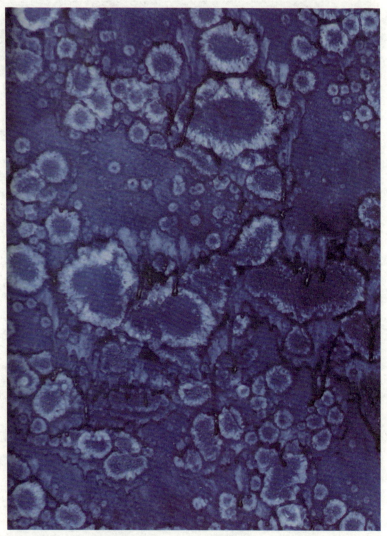

图4　蓝色的第三度数空间

图5 天河屏障智能膜

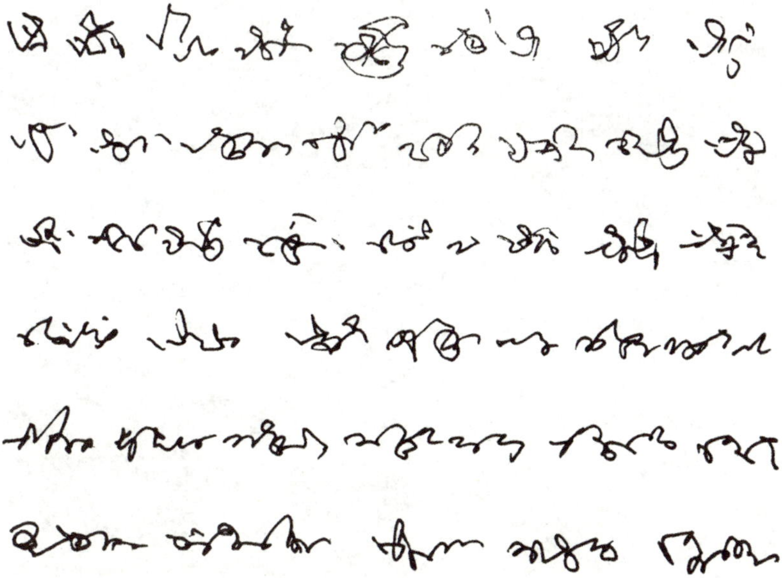

图6 与老师对话时的记录文字照片

图7 第六度数空间创业图

图8 第六度数空间的云团

图9 海灵人分配能

天幕

一个宇宙信息记录员的日记

（第二版）

灵紫 著

清华大学出版社
北京

本书封面贴有清华大学出版社防伪标签，无标签者不得销售。

版权所有，侵权必究。侵权举报电话：010-62782989，beiqinquan@tup.tsinghua.edu.cn。

图书在版编目(CIP)数据

天幕：一个宇宙信息记录员的日记 / 灵紫著. —2版. —北京：清华大学出版社，2019
（2024.12重印）
 ISBN 978-7-302-51933-1

Ⅰ.①天… Ⅱ.①灵… Ⅲ.①科学幻想小说—中国—当代 Ⅳ.①I247.5

中国版本图书馆 CIP 数据核字(2018)第 285571 号

责任编辑： 张立红
封面设计： 梁　洁
版式设计： 方加青
责任校对： 石成琳
责任印制： 杨　艳

出版发行：清华大学出版社
　　　　网　　址：https://www.tup.com.cn，https://www.wqxuetang.com
　　　　地　　址：北京清华大学学研大厦A座　　邮　编：100084
　　　　社 总 机：010-83470000　　邮　购：010-62786544
　　　　投稿与读者服务：010-62776969，c-service@tup.tsinghua.edu.cn
　　　　质 量 反 馈：010-62772015，zhiliang@tup.tsinghua.edu.cn
印 装 者：艺通印刷（天津）有限公司
经　　销：全国新华书店
开　　本：148mm×210mm　　印　张：6.625　　插　页：4　　字　数：149千字
版　　次：2015年1月第1版　　2019年4月第2版　　印　次：2024年12月第9次印刷
定　　价：58.00元

——————————————————————————————————————

产品编号：079908-02

序言

灵紫女士撰写的《天幕——一个宇宙信息记录员的日记》一书,是一部极为珍贵的"天降奇书"。

这本书以科幻日记的写作笔法,将深奥难懂的宇宙演化知识蕴含在日记里,笔法细腻、娓娓动人地为读者提供了一部雅俗共赏的星空画卷。作品主人公抱着谦卑的态度跟随老师游历太空,发现很多新的宇宙知识,不断获得各种研究的崭新灵感。读者在饭后茶余的阅读中,不知不觉地、潜移默化地感知并欣赏着主人公为人们描述的宇宙演化的宏伟画面,对其品评着、思考着,受到各种有益的启迪。

我在读完了这本书之后,数月之久都难以抚平激动的心情——文章对于宇宙间不同区域的时间快慢机理的阐述是多么独特啊!这种有别于我们认知的宇宙体系,这样的闪光之点,在书中多处地方交相辉映!

灵紫女士终生从事文学编辑工作,对科学技术可谓是门外之人,但她的那种天马行空的想象力与创新力,赋予了这部科幻作品犀利的前沿科学思想!

大科学家爱因斯坦认为:在拥有大量现有知识和创造新知识之间,其实"并不存在任何必然的逻辑联系,而只是一种非必然的、直觉的（心理的）联系"。

这就意味着创造新知识，是一种依赖于灵感、直觉、顿悟等非理性心理因素，在瞬间把握未知事物本质和规律的认知形式，而并非一定要先拥有大量现有知识。灵紫女士正是以非凡的想象与大胆的创新写出了这部"科学与幻想"并存的《天幕：一个宇宙信息记录员的日记》，其中所蕴含的各种新奇元素，使其可堪称为一本有趣的"天降奇书"。

高　歌
2014.6.6

---

*高歌：1945年1月出生，汉族，山东沂南人。现任北京航空航天大学教授、博士生导师，Gao-Yong理性湍流理论创始人。历任中国工程热物理学会、中国航空学会、中国空气动力学学会理事。长期从事流体力学和工程热物理领域的教学和科研工作，近年来从事宇宙演化研究和智能生命研究，著有《宇宙天演论》《生命容介态》等著作。曾荣获国家发明一等奖、首届航空金奖、首届光华特等奖及北京市劳动模范等奖项。

目录

1 >>第一章　从飞特族到宇宙信息记录员

19 >>第二章　宇宙信息记录员生涯开始了

29 >>第三章　"宇宙信息特使"初现"宇宙智灵中心"

41 >>第四章　黑洞和白洞

47 >>第五章　宇宙的六个"角宇区"

57 >>第六章　宇宙"零空间"以外的三个空间

65 >>第七章　智慧惊人的"黑洞之旅"

79 >>第八章　第四、五度数空间的生命能量场

91 >>第九章　第六度数空间

103 >>第十章　第六度数空间的智灵人

121 >>第十一章　人类生命体光音色三色子之谜

147 >>第十二章　寻找布拉克·奈森之旅

179 >>第十三章　智灵人辗转星球大揭秘

196 >>答读者来信及鸣谢

201 >>创新力改变世界

|第一章|
从飞特族到宇宙信息记录员

> 我被无法解读的文字包围，我是一个十足的文盲……
> ——托马斯·特朗斯特罗姆，2011年诺贝尔文学奖获得者

2933年，一个注定不平凡的早晨，科学城"地球宇宙职能中心"最年轻的分析师——宇宙信息学博士达蒙正在浩如烟海的星系图书馆翻阅着资料。

这时的人类已经可以借助一种叫作宇宙翻译器的眼镜或者耳环之类的东西，只要通过简单的调试，转换频道，就可以接收到宇宙中三十多个以各种生命形式存在的星球上"类人类"的信息了。这有点像几百年前的收音机可以收听电台发射的信号一样。

这个时期最时髦的职业不再是金融分析师、高科技人才，更不是公务员，而是宇宙信息分析师。

移民外星球已经被列入时尚人士的人生规划中。

达蒙·卡莱尔教授就是这样一个神秘的时尚人士。他很年轻，像个大男孩一样，一头卷曲的金发，大海一样蔚蓝色的眼睛。

他的著作《宇宙信息学》是一本妇孺皆知的著名畅销书。但是，从没有人见过他本人，除了书的内容之外，信息空间也没有他的任何私人的真实信息。

这个时候人们的多种日常用品已经完全信息化。人们出门只需要戴上戒指形状的电子衣控仪，就可以实现任何形式的衣着。颜色、厚度、衣料、保暖性可以随时调整，人们只需要带够电源，就不会出现走着走着突然裸体的尴尬局面。

很少有人再去储存和阅读占据空间的出版物,全息图书可以按照你需要的任何形式呈现在你的面前,而且只要一挥手,它们可以随时消失,就像从来没有存在过一样。

但是,即使如此,各星球"类人类"还是要通过各种方式出版各种载体的物质出版物,以满足他们内心"物以稀为贵"的虚荣,这些物质出版物对人类造成了各种困扰,已经多次危及人类的生存空间。眼看着自己的著作印数已经达到了数百亿,畅销各大"类人类"星球,一向低调的达蒙·卡莱尔也难逃常人的俗念,忍不住暗暗欣喜。

但是,不知为什么,每当他为此感到欣喜的时候,立刻就会伴随一阵难以抑制的强烈不安。一个声音似乎在黑暗中回响:"孩子,你有没有感觉你在误导当代人的宇宙观呢?不要把人们带入歧途啊!"

从小失去父母的达蒙·卡莱尔总是在难过的时候去看纸质书,听着那清脆的翻阅纸张的声音,书中的世界常常让他忘却世间的所有烦恼!这次也不例外,他要再一次去寻找安慰心灵的钥匙。

午夜失眠的达蒙·卡莱尔不想靠吃药助眠,他披上衣服走出家门,来到附近一家以存储物质版图书而闻名于世的"星系图书馆",打开馆内随处可及的电子目录仔细查询。

功夫不负有心人,一本蓝色封面的书赫然进入眼帘——《天幕——一个宇宙信息员的日记》(简称《天幕》)。

作为一个宇宙信息分析师、破译专家,他以前怎么会不知道这本书呢,实在太不可思议了,这本书怎么会罕为人知呢?可见大量出版物的出版多么可怕,再好的图书也会被完全淹没,无人知晓。他急忙按照书号的位置,将那本《天幕》找出来。

《天幕》是一本封面很有气质的纸质书。达蒙·卡莱尔只匆匆翻阅了一下,就赶紧搜索全宇宙网络,他要把所有的纸质复本全部搜集来。可惜,搜遍了"图书馆""旧书网""宇宙通"等资料库,只此一本。

达蒙·卡莱尔按捺住这个时代的人们几乎很少会出现的狂热心跳,默默回到家中,一头钻进精致的读书屋,直接翻到第一篇日记读了起来。

他翻开了第一篇日记,不禁惊呆了!原来日记是用他曾经破译过的宇宙高维文字来记录的!他因此还获得了国际宇宙科技奖!可是这种文字并没有用于常规出版,民间怎么会有这样一本书呢?

请注意两侧的迷宫……
被无法解读的文字包围,我是一个十足的文盲……
——特朗斯特罗姆,李笠译(选自《特朗斯特罗姆诗歌全集》)

这是达蒙工作时最喜欢念出来的一句诗,看到满篇地球上也许只有他才能阅读的文字,达蒙轻轻地说:幸好我不是文盲。

然而就是达蒙,也要仔细推敲才能完整地翻译这些文字。

2075年10月28日 北京,家中

……有一幅史前的壁画:
一个黑色的形象,
在年轻古老的河里游动,
没有武器,没有战略。
既不休息,也不奔跑。
与自己的影子分离:
影子在激流下移动,
它搏斗着,试图挣脱,

沉睡的绿色图像,
为了游到岸,
和自己的影子结合……
——特朗斯特罗姆,李笠译(选自《特朗斯特罗姆诗歌全集》)

作为离开祖国三年到发达国家工作的一个小小的浮游生物,面对大城市内外交困的压力,我每天都有从内到外、从外到内地被压榨和填塞各种垃圾信息的窒息感,以及恐怖的蚕食感。晚上只能靠设想不是在拥挤的地面游走,而是在美丽的宇宙空间浮游安眠。

根据进化心理学的理论,地球上任何一个物种,如果没有强烈求生欲望的话,早就灭绝了。所以,作为繁衍近万年的地球人类这个物种的一员,我决定无论多么痛苦都一定要活下去。

忍无可忍之际,我和几个不同国家的网友合谋一起逃离大城市,加盟"飞特族"。来到了日夜渴望的人迹稀少的中国内蒙古大草原,追寻思绪中尚存的远古农牧生活。每天随遇而安,享受着新鲜的空气,看着地里的庄稼、可爱的牲畜在自己的辛勤呵护下茁壮成长。一种终于不再漂浮,有了着落的感觉让我心满意足!

两个月后,我决定先回国外的家中,准备善后一番就返回大草原,长期定居于此。

我一大早就出门为牲畜割些过冬的饲料。一处生长得非常茂盛的草,很快将我吸引过去。我挥舞着镰刀,割着草。突然,一个洪亮的声音在我身后响起:"终于把你找到了!"我还以为自己离开大家,人们在寻找我,不经意地问道:"找我什么事?"

"你还记得你历经千难万险来到此处的任务吗?"声音问道。

"这还用问,当然是到这里寻找自由呼吸,有着落的感觉呗。"我边割草边回答。

"你再想想!"

"想什么呀！我放弃国外的高薪、楼房和家中舒适的生活条件，不就是为了飞特族的梦想才来到这里的吗？"我提高了嗓门嚷道。

"你真的忘记了？"声音还在不依不饶地继续问道。

"你是谁呀？还让不让人干活啦？"我不耐烦地发问道，回过头去想看看到底是哪位网友在身后跟我聊天。四下巡视，竟不见一个人影！当时真把我吓坏了！扔下割好的草就跑！

回到宿舍，我想将今天的怪事告诉大家，没想到一张嘴，从口中冒出的竟然不是我平时说的汉语！我心里明明知道自己在说什么，可是为什么他们就是听不懂呢？难道——这嘴再也不受自己的大脑支配了？我努力地一字一句地告诉大家，但说出的话还不是中文！我会说英语、日语，但这两种语言都不是！学过俄语、法语、德语、西班牙语的朋友听了也都认为不是他们熟悉的语言。对了，这里是内蒙古地区，一定是蒙古语！大家将懂蒙古语的当地老乡也叫来听了听，竟然也不是蒙古语。我彻底失望了！谁也不知道在我身上发生了什么事情。

我怀着一线希望又拿起了笔和纸，想将我的意思写出来告诉大家。坏了！连文字都变了！我这个堂堂的中国名校毕业生，一个中国人，竟然连中文都不会写了！我感到无地自容！我欲哭无泪。

无奈之下我赶紧回到了北京，疼爱我的姐姐急忙陪着我跑到协和医院去看病。

不愧是历史悠久的老医院。在各科医生的精心治疗下，我终于说出中文和英文啦！

我高兴地回到家中，姐姐嘱咐我，你的病属于精神病范畴，别老是到处去说，我答应了。因为刚刚恢复说中文的功能，说话并不自如，只能磕磕巴巴地表达自己的意思，我也羞于在人前开口，只好将这些事先记录下来。

昨天，我拿着科幻小说《海底两万里》，小声地读着，想尽快全面恢复自己说话的功能。

不料，昨天晚上，就是晚上，我躺在床上，那个讨厌的声音又在天花板上响起来了：

"我终于又找到你了！你根本就没有精神病！"

我吓得大声喊叫起来，姐姐急忙来到我床前，问道：

"怎么做噩梦啦？"

我指着房顶说："那里有个人！"

姐姐以为我的精神又出了问题，要带我去医院看急诊。

"孩子，别怕！我不会伤害你的，我让你看电影！"那个声音制止了我。

有姐姐在身边，我的胆子也大了起来。问他说："你是谁？我为什么看不见你呢？"

这句话倒把姐姐吓了一大跳！姐姐问我在跟谁说话，我告诉她是房顶上的那个人。姐姐望了望房顶说："你又犯病了吧？"

我告诉姐姐真的是有人在跟我说话。姐姐担心我犯病，于是陪着我一起睡觉，不让我说话了。我躺在床上，心想那到底是个什么人？为什么总是跟着我呢？没想到我只是自己在想，那个人竟然回答我说："你别怕！也不要说话，只要静静地看着房顶就知道了。"

我看到姐姐睡着了，自己瞪大眼睛望着雪白的房顶，呀，真的有电影在房顶放映！直到今天我还在回味那天夜里房顶上的有趣"电影"。

达蒙被日记开始的诗惊住了，这个日记的作者竟然和自己喜欢同一个诗人。但是，看到日记的最后，他又忍不住笑了，几百年前的人真是落后啊，连小学生都知道的常识，他们竟然搞得这么夸张！当人的听觉神经的震动频率与外太空的信息震动频率发生共振时，外太空的信息便能够传导到听觉神经系统。经过处理，人就会听到或看到非视觉物质所发出的各种声音和图像了。

记录员的经历让他感到新奇，一种发自内心的急切攫住了达蒙·卡莱尔。他的眼睛再也无法离开这本日记，他开始如饥似渴地破译后面的日记。

2077年1月18日

虽然半年的飞特族生活令人无限留恋，但是习惯了大都市生活的我，还是回到了电视台继续奔奔族的日常生活。

今天早上堵车，急忙赶到了办公室，将新闻资讯进行编排，送到新闻部进行录播。刚忙完，我就接到同事送来的一张请柬，是邀请我们新闻部去观摩一场内部新闻纪录片。我问了问同事们，没人愿意将时间浪费在这上面，平时这种观摩活动很多，每个人手头都有很多工作，无暇去参加这类活动。再加上是纪录片，就更没人去了。恰巧我倒出点零碎时间，也干不了整档的事情，去看看也无妨。

我接过请柬急忙赶到了演出地点，人并不多，只有十几个人，在一个小放映厅里就座。电影15：20准时开演，是一个四十年代（注：实际上是二十世纪四十年代）的黑白新闻纪录片。在场的一些人对纪录片没有兴趣，纷纷退场。我也有些失望地起身看了看四周，发现在座的只剩下我们三四个人了，于是也准备离开放映厅返回单位。突然，解说员的声音传到我的耳朵里："这是一个地外生命搜寻总部2047年的绝密文件，总部谈判执行官与外星人的谈判记录……"

我好奇地回过头来，看到了银幕上一页页的英文画面，上面有一个个红色的圆圈，解说员告诉大家，那是总部执行官的亲笔签字。

一种新闻记者特有的直觉，让我的目光锁定了银幕。我转过身来，摸索着大皮椅的靠背，又轻轻地坐了下来。接下来的画面与解说，让我的心不由得狂跳了起来！今天播放的竟然是那个什么总部执行官与外星人谈判的新闻绝密档案纪录片！哎呀！差一点就错过了！真是万幸！

执行官正在同一个有着绿色肌肤的外星人进行谈判。这个外星球特使长得很特别：大大的纯黑色杏仁眼睛占据了整张脸的三分之一，光秃秃的大脑袋不断地泛着白光。他们没有鼻子，仅仅是两个圆圆的小黑洞。他告诉执行官，他们是"大角星球"上的智灵生物人类——大角星人（ARCTURIANS）。他们的寿命已经达到了400岁。之后，他们又谈到了飞碟、生物实验、意识交流……当执行官询问"大头"外星人"你们是如何驾驶飞碟"时，只见大头默不作声，而执行官却频频点头。

我心中惊讶：他们竟然能够用意识思维进行交流！

解说员告诉人们，执行官希望看到外星人亲自演示操纵飞碟，外星人点了点他那颗大脑袋。

画面上是一条红色的线，画在了一行行英文字母下面，解说员的声音在耳边回响：

"文件中写道，在场的人们脑海中，都清晰地感觉到，外星人告诉执行官先生，他们从来都不用四肢操作任何机械，尤其是飞碟，他们只用自己的意识——用思维意识来控制飞碟。他就要给执行官先生进行表演了。"

画面切换到远处一个大大的飞碟特写，镜头回拉到整个画面，在场的所有人员，都目不转睛地盯着飞碟观看。只见飞碟悠悠升起，人们仰头观望，飞碟在空中还做出了很多动作。表演完毕，飞碟又缓缓地降落到地面上来。自始至终，那位外星人都是纹丝未动，真的是用意识在控制着飞碟表演。

接下来，谈判开始了。无声的谈判、快速的英语解说和优美的男播音员的中文翻译。大头外星人提出，要用地球人做生物实验。执行官先生断然拒绝了大头的要求，并提出"可以用大型畜类来代替地球人类做这些实验"。大头答应了。于是，两位不同星球上的决策者，在一份极其绝密的文件上，分别签上了自己的名字。我看清楚了大头签字的手，竟然只长了三个手指头，皮肤就像枯树皮一样。

　　从此以后，地球上有多个地区及其周边区域便陆续出现了牲畜离奇死亡的新闻报道，尤其是牛这样的大牲畜，往往是因为内脏被挖空而死，其刀口整齐、无血，而似灼伤。

　　我这个每天面对国内新闻的记者看到这里，不由倒吸了一口凉气："原来真的有外星人存在！"

　　我内心狂乱不已，无法控制自己激动的心情，不由得陷入了沉思……

　　达蒙·卡莱尔笑了笑，对于外星智能生命，在这个时代已经不是什么新闻了，然而在那个年代中，却是一个惊天大新闻！他又破译了下一篇日记……

2077年7月9日

　　心情就像打翻的五味瓶，难以描述！自从那次普通的不到一小时的纪录片观摩之后，我隐约预感到我的人生从此便要改写！因为我万万没有料到的是，自己被"宇宙高能智灵信息总库"选中了，成为一名接收"宇宙信息"的记录员。

　　此后近半年的时间里，我的大脑不时地受到突如其来的信息冲击，我听到了各种类似于外星人的声音，感到非常恐惧、兴奋和不安。我试图摆脱这些信息，但都无济于事。一些同事认为我的精神有些异常（大家碍于同事面子，实际上都认为我精神方面有些问题）。

我曾经问过声音的主人："你到底是谁？"

他告诉我，他就是我和飞特族在内蒙古大草原生活期间，一直跟着我的那个"宇宙高能智灵信息总库"的为我在屋顶放"电影"的人。

我又问他为什么总是跟着我，他说是想让我做他传达宇宙信息的记录员。

我问他的名字，他告诉我他叫"ZZZ.SQL"。

真是一个奇怪的名字！

后来，即使是在工作时，这种来自看不见的空气中的信息对我大脑的冲击也从未间断。

在巨大的工作压力面前，我逐渐厌烦起这种声音，神奇感也逐渐消失。

最终，我只好同"宇宙高能智灵信息总库"达成了一项协议：就是在我工作期间，不允许对我进行任何干扰！

说来也怪！自从跟信息签订协议以后，就再也没有受到过此类信息的任何干扰！以前对工作的各种怨气也同时随之烟消云散，从此以后，我一直安安稳稳地在自己喜爱的工作岗位上奋斗着。

2106年2月6日

今天是我退休后的第一天，从明天开始，我就可以好好安排一下悠闲的退休生活了！

我要去美国看望女儿，还要游泳、练习书法、画画、去各处旅游、保健养生、编织毛衣、研究美食、学习摄像……好多以前上班时无暇顾及的爱好，都要在退休以后去重温。

我憧憬着未来的美好的退休生活……

就在我正想得出神的时候，一种久违了的、熟悉的空灵信息，突然射入了我的脑海中。我忆起了一件事，一直以为早已经忘怀了的一件事：六年前，本以为随着时间的流逝，"宇宙高能智灵信息总库"一定会将协议的事情淡忘。我后来还曾经多次暗自庆幸，自己终于能够摆脱"高能智灵人"的纠缠。

今天这是怎么啦？为什么我会如此强烈地感觉到自己要有新的任务降临了？难道是他？

我刚刚这样想着，那个熟悉的声音又悠悠响起："不错，是我！ZZZ.SQL！"

吓了我一大跳！我默不作声，心想，只要我不去理会他，他一定拿我没有办法！

对！我拿定主意，就是不理他！就是不给他做记录！好不容易盼到了退休，那么多以前的爱好，还没有来得及享受呢，就又把我拴住了，我才不会那么傻！

达蒙·卡莱尔破译到这里，已经是深夜，但是，他很想知道日记的作者是否真的摆脱了高能智灵人的纠缠！他继续破译下去……

2106年5月18日　奇特的"宇宙梦"

这三个月以来，我几乎总是在跑医院。长期的失眠，无休止的相同梦境，让我陷入了无尽的痛苦之中。

今天同事打来电话，第一句话就是："你又做什么美梦了？"

同事们每次打进电话的第一句话，就像拷贝进我电话里播放的录音一般。

"跟昨天一样！"我的回答也像播放录音。

同事说："你快出来散散心吧！别憋病了！跟我们讲讲你的梦境。"

我今天将自己这些日子做的梦来进行一个汇总，看看其实也觉得挺好玩儿的。

在将近三个月的时间里，总是在做着一个相同的梦。在梦境中，我看到了很多奇怪的事情。而这一切，对于我这个学新闻的人来说，都是很陌生的。我对这些内容，根本不感兴趣。

但是，一个相同的内容，在一段时间内，总是如此执着地入梦，让我不得不陆续将那些当时因好奇而记录下来的只言片语，重新聚集在一起，并简单地做一个总结。

下面便是我在2106年3月8日午睡后，经过仔细回忆，将多次梦境总结后的记录。

在单位的一栋办公大楼里，我又乘上了电梯，向上行驶，但不知道为什么我总是在第三层就下电梯，我很奇怪。因为我的办公室是在第十八层，梦中却为何总在第三层下来？这一层是单位的音像、图书资料室。我下了电梯之后，在第三层转来转去，疑惑重重，不知道自己到底想要做什么事情。

终于，在今天的梦境中释然了。我找到了一间密室，内藏很多图书。我发现有一个很特殊的盒子单独摆放着。我取下这个雕花木盒，里边藏着三册书，书的封面分别由神秘的紫光、白光和金光笼罩着。我将目光移向紫光封面时，头脑中出现了"内宇一二三"；当我盯住白光封面时，脑中出现的是"外宇四五六"；当我再盯住金光封面时，脑中出现的是"外宇七八九"。

这个梦，让我琢磨了很长时间，觉得可能与宇宙有关。可是，我对宇宙并不感兴趣，只是随手将此梦境的内容记在了一张纸片上，夹在一本小说中。

过了不长时间，又是相同的梦。梦中，我竟然对那三册书有些好奇，便想将那本紫光封面书打开看看。没想到，手还没碰到书，只是刚刚接触到紫光，便被光电击中，惊醒了。

后来的一次梦中，我想打开那本白光封面书，还好，没被光电击中，书被打开了，但强烈的白光使眼睛根本睁不开，无法看到书里面的内容。我只好寄希望于那本金光封面的书了。当我将那本书拿起来时，还没有翻页，全书的目录便清晰地闪现在脑海中了！这本书里原来记录的是一个叫"玛雅梅洛特"星球的兴衰史。

我有些失望，因为我对里面记录的宇宙空间信息、天体星位学、高能物理学、量子力学、超小微粒子学、玄理论公式、飞碟制造、核磁与光爆、星球星核材质分析、核能压缩技术和真空能运用技术等根本不感兴趣。尤其是那些跳动的数字与公式，更让我头晕目眩！于是，我又将书放回了原处。

后来，我和几个好友谈起过我那些奇怪的梦，她们也感到很有趣，并鼓励我如果再有机会看到那些书，一定仔细地看看，看还有什么有趣的内容，写下来与大家分享。

在以后陆续看到的内容，让我大吃一惊！

达蒙·卡莱尔看到这些内容，感到非常惊讶，急忙又破译了一篇日记继续读下去。

2106年8—10月

原来，"玛雅梅洛特"星球，曾经是我们地球人类的乐园，它就是我们今日的"火星"前身！里边用玛雅文字和梅洛特文字记述了这个星球的高科技历史。我也不知为什么在梦中能看懂那些文字！这些高科技内容，最主要的便是对各个星球的开发。这里记录着他们开发了邻近的星球，其中包括"阳系物质生命带"中的另外两个隐性星球：艾尔紫达星（Aierzida）和艾尔帝蒙星（Aierdimeng）。

书中写道："阳系物质生命带"的距离与位置是从太阳中心向外2140万~2亿2500万千米处的环状圈内。只有在此圈内，显形的物质生命体才有可能生存。我还没有发现与此有关的文献资料，但我知道，只有在此圈内，才有可能找到地外有载体的智慧生命。

高科技内容还包括人类等有形生命体的自我复制技术、核弹、飞碟、反质子、暗能量等详细的理论知识和制造技术。

这个星球上的高智灵人类全面掌握并运用这些技术技能，并把他们记录下来，整理成书。后来，当这个星球遭到毁灭时，一些玛雅人将这些科学技术资料带到了地球上的吉萨大金字塔内收藏起来，他们中的一部分人成为犹太民族的祖先，将那些科技资料翻译成古埃及文字和玛雅文字，传播给地球人类。而另一部分人则迁移到大犬座的天狼星，成为那里的星民，在星际间传播着"大爱文化"。至于好斗的梅洛特民族，一些星际战争与他们有关……

就这样，我开始思索一些问题……

地球人类的生活质量的提高虽然得益于各种高科技成果，但也难免像"玛雅梅洛特"星球人一样，终将会步他们的后尘。因为，地球人类抵制不了潜意识中各种各样的欲望与诱惑，加上物质资源的日益匮乏，也会不断地发动各种毁灭性的掠夺战争。人们在毁灭别人的同时，也在毁灭着自己！最终，人类将难免把自己的家园亲手毁掉，让地球成为另一个废掉了的"玛雅梅洛特"星球。

整个地球人类和地外星球上的高智灵生命，都应该来源于一个共同的祖先，人类不能再相互仇恨、相互厮杀、相互利用了！我们应该和平共存，热爱地球和每一个生命！

梦里，金色书中还介绍了我们地球人类所生活着的子宇宙半径是14亿6500万个千亿秒差距。在九大时空层中，除了最外边的那一层没有具体距离之外，其他每个时空层都是1亿6278万个千亿秒差距。地球占时空层的下三分之一，距离是5726万个千亿秒差距。这部分内容也没发现与此有关的文献资料，地球外太空距离第八时空层很近，常常反观之影，漆黑无比。

　　正是因为这些让人挥之不去的梦境和纪录的不断积攒，经过后来的深刻思索，我决定接受那个一直跟着我的高能智灵人的要求，做他们的宇宙信息记录员。

　　说来也奇怪，以前吃了数不清的药剂来调理自己的睡眠，一直没有奏效。考虑答应履行与"宇宙高能智灵信息总库"曾经达成的协议时，所有的病痛竟在一夜之间全好了！

　　终于，我考虑清楚了，我要做他们的信息记录员。这个闪念刚刚掠过，在脑海深处就接收到一条来自宇宙深空的信息："你终于答应兑现我们之间的承诺了！"

　　霹雳般的声音，在我的脑海中炸响，差一点让我晕过去，我虽然早有心理准备，但还是充满了惧怕，只觉得天旋地转。

　　"我还以为你们忘记了呢！原来你们还在等着我？"我问道。

　　"宇宙的高能智灵信息总库要甄选出一个合格的高素质接收记录员是非常不易的。你哪会知道，在你们这个充满各种物质欲望与诱惑的时空层里，我们淘汰了多少原定的信息接收记录员！经过地球时间31年的考察，你已经通过了我们的考验，我们怎会轻易放过你？我们早就掌握了你出生时特殊的生命密码，那是智灵总库派发给你的。每一位被选中的信息接收记录员，在寻找地球人类生物载体时，都有这样的特殊密码。这个密码有着特殊的振动频率，就好像你们使用的手机号码一样，我们随时可以找到你！我可以告诉你一个秘密，在2075年，我们就已经追寻到了你这个有着人类生物载体的'智灵子'的生命轨迹。从那时起，我们就已经开始对你进行考察。当时发生的一切，你应该不会忘记吧？"

　　在内蒙古草原发生的一幕幕像放电影一般闪现在我的脑海里，那是一段永远也抹不掉的神秘、特殊而神奇的记忆……

　　"我们的协议都已经过去快三十年了！"我心怀侥幸地问道。

"你们的百年时间,都不如我们呼一口气的时间长!即使我们打个喷嚏,你们这里也需要上万年的时间呢!三十年的时间只是一刹那,我们当然不会将刚刚发生过的事情全忘记。"也许是他感觉到了我心中的恐惧,于是变换了一种口吻,声音慈祥,幽默地和我对话。

"那您今天是从哪里来的?我该怎么称呼您?"我特意用了"您"这个地球人类尊称来问话。

"我是'宇宙高能智灵信息总库'的特使,从本宇宙第二角宇区的三A度数空间来。你可以称呼我为SQL老师。"

"可是我只能听到您的声音,却看不到您呀?"我好奇地发问。

"你将双眼闭上。"

我听话地闭上了双眼。啊!眼前分明清清楚楚地站着一位慈祥的老者,异于人类的是他的头上长着一对鹿角,唇边有两条长长的胡须,身着一袭蓝色的轻纱,被一团闪亮的蓝光笼罩着。这位老者的到来,让双亲早早离去的我,从心底感到亲切。我将其直接改称为"老师"并得到他的默许。

"灵儿,别犹豫了,你被'宇宙高能智灵信息总库'选中是一件好事,人类需要了解那些未知、未解的各种宇宙信息。你要为人类做出贡献!"

"好!我记住了!决不辜负'宇宙高能智灵信息总库'的期望!"

我睁开双眼,满含着热泪,仰望着虚空……

自从有了昨天那次与"宇宙高能智灵信息总库"特使的神秘邂逅与亲身体验之后,我又有了一个新的名字——灵儿,这是"宇宙高能智灵信息总库"给我的一个"信息接收代号"。其实我并不喜欢"灵儿"的代号,而更喜欢"灵紫"的称谓。但是他们智灵总库的特使却经常将高维空间无形的"高能思维智子"称为"智灵子"或是"灵子",而将"有形的智灵人"称为"智能人"。

从今天起,我的人生平添了无限的乐趣。从此以后,我会乐此不疲地记录所有"听到"与"看到"的一切……

记得伟大的科学家——阿尔伯特·爱因斯坦曾经说过:"神秘事物是我们所能体验到的最美好的东西。它是一切真正的艺术与科学的源泉。(The most beautiful thing we can experience is the mysterious. It is the source of all true art and science.)"

我的经历,恰恰给这句话作了最好的注解。

达蒙·卡莱尔看到这里,不由深深地感叹:地球人类还是没能够逃脱宇宙高智灵人的"如来佛掌"啊!

达蒙·卡莱尔觉得,"日记"作者的奇特经历,在当今社会已经没有什么奇怪的了!我们现在已经进入高速发展的高科技时代了,八百多年前的古人还能有什么新的知识值得我们去了解和学习呢?达蒙决定再翻几篇,如果无聊就不看了。

|第二章|
宇宙信息记录员生涯开始了

达蒙·卡莱尔终于看到宇宙信息记录员正式记录的宇宙信息的内容了。他边喝着茶，边漫不经心地翻阅着……破译着……

2106年11月20日　23∶00

晚上，老师的信息准时传到。他先给我上第一课。下面是他给我讲课的内容：

你们地球人类对"灵魂"一词的理解，实际上偏离了其真正的含义！

我说："灵魂就是神啊鬼啊什么的，还能有什么好的解释？你们'宇宙高能智灵信息总库'是如何看待这个问题的？"

老师的思维信息波传了过来，他告诉我说：

"'灵'是一个有着单独生命密码的'原始态高密度巨能生命信息能量因子'（即智灵子），他与'宇宙高能智灵信息总库'有着特殊的沟通频率，他存有极高的智慧信息能量，根据他的信息能量级别的不同，能够以信息态单独存在于各种不同级别的生命能量场中，唯独到了你们的物维空间，才会分解成两种生命智灵体，携带百分之九十以上能量的那个'智灵子'，会仍然在原来的生命能量场中生存，只有那个携带有少量生命能量与相同生命密码的'智灵密度胶子'，才会在生命生物体中以'潜意识'形态存在流转。'智灵'就是有极高智慧的'信息能量因子'，记住这个词！以后会经常用到。而'魂'则是只有在生命生物体中才会有的一种特殊的智灵粒子，你们通常将他叫作'丸态智灵思维因子'，简称'丸态因子'。它掌管着物质生命体的两大物质系统,即神经思维系统和肌肉线粒体系统。灵与魂,并非你们所理解的那样。当'智灵子'回归到宇宙的'信息能量场'中的时候,也就是生命生物体命运轨迹运行到终点的时候了。这些内容,以后我还会让你身临其境看到。"

老师接下来又继续给我讲解了以下内容:

宇宙物质空间的每一个角落都会有各种各样的物质生命,以各种形式(有生物载体的和无形的)存在着,它们和你们拥有一个共同的生存空间。你们生存的空间,是一个"物质维数空间",简称"物维空间"。

记住!大宇宙中自然生成的各种生命的"信息能量场",其强度、场力和环境,都决定着具有不同宇宙能量的生命个体的生命本质。同时,也决定着他们必须在相应的"宇宙生命的信息能量区域"内生存(甚至是在非常极端的生存环境中生存)。否则,他们将会被不适于自己生存的生命"信息能量场"淘汰。

高智灵的宇宙生命"智灵子",在不同度数、维数与密度的宇宙空间层,或不同的物质星球上,根据该时空层或不同星球的环境特征与条件,都会就地取材地适应并造就具有各种不同特征的有着各类物质载体的生命现象。这本不足为奇!

还有,时间的差异造就了生命现象的差异。过去、现在、未来时间对"高能特使"而言,仅仅是三个不同的时空点而已,共存于"宇宙总信息库"中,这也决定了过去生命、现在生命和未来生命的共存特性。现在时间,体现着生命正在感知的现实生命轨迹;过去时间,透露着过去所有生命信息存在过的轨迹特征;未来时间,则决定着未来生命信息的存在的轨迹特征。

老师继续说:"孩子,在你们三维空间,思维方法是二元系统论,认为万事万物都有相对的两个方面,有'阴'就有'阳',有'明'就有'暗',有'显'就有'隐',有'善'就有

'恶'……不要以为你们看到的就是宇宙的全部，按照你们的二元思维理论来界定，宇宙还有另一半，我们称其为'阴宇宙'或'暗宇宙'，你们是看不到的；你们所生活着的是'阳宇宙'或'显宇宙'，但也有很多你们看不到的暗物质，两个'半宇宙'相辅相成，组成一个完整的宇宙。这个完整的宇宙可称为'子宇宙'。以后我会带你看到这个子宇宙的微缩实景。"

老师传达的这些宇宙信息，让我产生了如梦如幻的感觉，如坠云里雾中，很费解。我平时很喜欢读霍金的《时间简史》和各种科幻小说，但是，老师的话却让我感觉比科幻小说的内容更科幻。

看到眼前这些被破译出来的记录内容，让原本不以为然的达蒙·卡莱尔不知不觉地被牢牢吸引住了，他忘记了喝茶、看电视，甚至忘记了休息，现在已经是午夜时分了，但他毫无困意。他又打开了下一篇日记，聚精会神地破译下去。

2106年11月21日 23：00

上课的时间到了，但是老师却没有像昨天那样上课，而是跟我聊起天来。他问我："灵儿，你可知道你们地球人类为什么把很多生命现象列为不解之谜？"

"什么生命现象？"我不解地问道。

老师说："为什么在你们一些人类的意识深处，还依然存留着许多抹不掉的远古时期的记忆？"

我说："我梦见最多的就是被人莫名其妙地追赶！好像很多人都有过这样的梦境。"

老师说："这些就是你们来到外宇宙时空层，总库派了很多高智灵团追寻你们时的记忆。"

"为什么在你们有些人的头脑中，会产生很多奇怪的'无意识'思维？"

"不知道！"

"为什么你们有的时候，会出现不自觉的'下意识'行为？"

"不知道！"

"为什么你们一些科学家会受到'梦境'的启示，成就一项项伟大的发明？"

"不知道！"

"为什么你们有的艺术家，会创造出那么多源自'神话'的艺术成就？"

"不知道！"

"他们头脑中的艺术灵感和科学启示，究竟是从何而来？"

"不知道！"

"为什么你们总是要自问'我是谁'？"

"这个我当然知道！我有名字啊！"

"谁是我？"

"我就是我呀！"

我看着老师接着说："活着就挺累的了，想这些有什么用啊？"

老师笑了笑对我说："你的脑子里什么信息也不装，最好是空空如也！其实，对这些自地球人类出现以来，便一直伴随着你们、困扰着你们的问题，除了在一些宗教读物中有了一些模糊的、神乎其神的解释之外，目前你们现代社会还无法做出更准确的技术验证与科学的解释。"

我说："虚无缥缈的想法！对人类毫无意义！"

老师反驳我说："但是，在你们目前科学技术高度发展的当代社会中，仍不乏一些对各种神秘现象，比如外星智慧生命造访，一些神秘的失踪现象，各种神话传说非常关注并热衷于探讨、争论与幻想的一些怪人。你们人类有一个很有名的科学家就说过'科学是过去的幻想,幻想是未来的科学',但是你们今日的科技手段,还不足以探知与证明那些依附在你们意识深处的种种潜意识的存在。怪人们也经常会仰望着浩瀚的星空,将目前已知的种种神秘现象与神话传说联系起来加以幻想与创作。你知道吗?这些人将是人类科学理想的前驱,也是科技界未来前沿科技理论的研究者与探索者!我们期待着这些人类精英,为人类智灵的进化、生存与回归做出更大贡献!"

我说:"我们人类精英达尔文,已经为人类进化做出了贡献!您还期待着什么人啊?"

"这个和刚才那些内容,我以后都会慢慢讲给你听。"

达蒙·卡莱尔暗自想:"这些问题,我们有时也会思考,但终究还没有研究出一个明确的答案。对了!看看日记里是怎样记录的吧!"他又努力地将后一篇日记的内容一行行地破译出来……

老师的这些话,我还没有仔细地想过,不过,还是很期待这些答案的。

达蒙·卡莱尔又翻开了一篇日记的记录文字,怀着一种渴望的心情,继续逐字逐句地破译起来……

2106年12月28日 23:00

快到元旦了,我很想跟大家外出游玩,晚上想多睡一会儿,可是老师又准时来了。老师说他觉察到我想出去游玩,于是给我传达了一个这样的信息:

"今天我过来,不多说什么,而是根据'信息总库'的安排,讲一些宇宙的小故事，为的是能提高你的记录兴趣，这些也许是你比较喜欢听的内容。"

下面就是老师讲的故事：

自我们宇宙第四次"暗能量释放"开始至今，在这150多亿年的漫长岁月里，"宇宙高能智灵信息总库"选派了很多高智灵"信息智灵子"，到宇宙第六角宇区各个空间去开发、创业。为了阻止这些"智灵子生命流"外漂到第七时空层，智灵总库决定，在宇宙中特意设置了两道"生命天河屏障"，即"光离子玄波网"和"磁粒子玄波网"。但让我们始料不及的是，你们的一些前辈"智灵子"，却私自冲破了这两道屏障，浪费了巨大的宇宙生命能量，来到了你们这个宇宙禁区——第七时空层，也就是G度数空间层。因此，我们开始担心，并为你们将来的回归作了最为精心的筹划。这其中，我们看到你们在那里，既有成就业绩、也有诸多的失误和不为人知的隐私与犯罪。另外，还有许多你们并不知道的事情，一些很严重的事情会发生。

我听到这里，便奇怪地问道："老师，您为什么将我们这里称为'宇宙禁区'呢？"

老师："灵儿，你们还不知道，你们所处的环境，是非常危险的，我们原本将你们这个时空层称为'第六角宇区第七度数空间层'，也称为'地宇空间层'（地宇的同音词岂不成了地狱？）。意思是说，你们将会受到很多幻象的迷惑。为了给所有落到这个禁区的'智灵子'提个醒，才要不断地给你们以种种天灾地祸的警示，让你们时时刻刻不忘提高警惕！后来，才又将这里改名为'警戒空间层'。在这里，还有更多的'禁区'，比如'银河禁区''太阳禁区'。并且在每一个禁区的周围，我们都设置了坚固的隔离层，那是一个令你们更难以突破的隔离膜！你们有人会认为是我们禁锢你们，实际上却是在保护你们！因为你们在这里都会有一个物质的生命载体，这个载体很脆弱，所以也是每一个'智灵子'的禁锢体。你们的前辈'智灵子'擅闯'生命天河屏障'，为了告诫，不得不让你们延续了他们所繁衍的载体，继续经历着物维空间所特有的各种磨难与情感。"

听到这里我说："我不给你们记录什么信息了，竟然让我们这么痛苦，而且还要经受各种磨难，我心里很不平衡！"

老师说："以后我会告诉你生命的秘密，只要你如实记录，就会明白我们的一片苦心，你们就会从中悟到解除痛苦的方法，知道如何回归宇宙智灵信息中心了。"

"老师你不要骗我！"

这话引起了我的极大兴趣，我很期待以后的内容。想知道禁区的屏障是什么样子的？生命到底有何秘密？

达蒙·卡莱尔不知不觉地也被吸引进去，他也非常想知道，至今科学界都没能搞清楚的那张天系中的"隔离膜"到底是怎么回事？他迫不及待地翻开了下一篇日记，刚刚拿起了笔，准备记录一些破译的内容。

"铃铃铃……"

一阵急促的电话铃声打断了达蒙·卡莱尔的遐思，他无奈地拿起了电话，听筒那边传来了科学城"地球宇宙职能中心"值班人员的声音：

"达蒙，我们监测到了遥远的外太空有七个彩色光团正逐渐向我们地球靠近。请您马上打开接收器，注意接收这些监测信息！打开接收器！"

达蒙看了看腕上的手表，啊！不知不觉已经到了上班时间，为了破译那本用特殊的高维宇宙文字记录的日记，他简直到了废寝忘食的地步！他竟然一宿没睡！他放下日记，来到自己家中的信息接收室，将接收器打开。顿时，海量的彩色信息涌入了他的加密邮箱中，新消息的标签不断地闪烁着……

|第三章|
"宇宙信息特使"初现"宇宙智灵中心"

对三十世纪的人们来说，移动办公已经是一种常态。达蒙就常常在家里破译高难度宇宙信息，他的家里就有一间全球最先进的宇宙信息监测分析室。

此时，他急忙走进监测分析室，将目光集中在凹形的离子监视器上。他看到屏幕上的七彩光团，转眼间变成了七道彩光，越来越近，进入地球上空……

彩光突破大气层之后，径直朝达蒙这个方向飞来，但只几秒钟竟然就不见了。达蒙正在焦急地调整仪器，窗外突然响起声音："不用找了，到这里来。"达蒙抬头看向窗外，一架硕大美丽的银蓝色飞碟，停在别墅前面的停机坪上。

由于达蒙的工作性质，他几乎每个月都要接待到访的飞碟。在三十世纪，虽然地球人还不能直接坐飞碟造访其他"类人类"星球，但是，飞碟来访已经是地球人常见的事情了。

可是这次飞碟显得有些无礼，实在不该未经允许就直接闯入达蒙家的领空。一定有什么事情让他们顾不得礼节了，连看了一夜《天幕》的达蒙忽然莫名心慌起来。

飞碟上的人影都没看到，一个声音就直接发出来了："你就是百慕大出生的那个孩子吧，是你在破译《天幕》吧？"

声音极轻，却像炸雷一样击中了达蒙。

多年来达蒙·卡莱尔一直对自己的神秘身世隐藏得很深。

他的外祖父是一位富有的美国银行家，家产以亿万计算，但是独生女儿却不愿意继承父亲的家产，只迷恋大海，从哈佛退学后考上了一所海洋学院，并在那里和一位浪迹天涯的航海探险家坠入了爱河，未及毕业，她又追随爱侣，开始了海上的探险生涯。

达蒙的父母之所以能够深深相爱，是因为他们共同痴迷于神秘百慕大三角的探险。在经历了各种海上惊险探索后，他们感觉储备的海上探险能力已经足够了。

于是，就在达蒙·卡莱尔的母亲怀着他八个多月的时候，他们将当时英属的"百慕大"群岛选作下一个航海的目标。

他们从佛罗里达州的迈阿密出发，穿过巴哈马群岛，直向东北方向的"百慕大"驶去。最使他们感到兴奋的是，他们将从人称"魔鬼三角区"的海区的边沿穿过。

"百慕大三角"是指北起百慕大群岛，通过波多黎各岛，到达佛罗里达海峡，边长各约为2000公里的三角形海区。

数百年以来，这里频频发生事故，成为地球上最令人恐慌和迷惑不解的地区之一。

在这里，无数艘船舰、无数架飞机和无数人，会突然消失。令人奇怪的是，在这个"魔鬼三角区"内，人们竟然连一件残片、一具尸体，甚至水面上的一滴油的痕迹都找不到。

令人担心的事情发生了。达蒙·卡莱尔的父母，从一出发开始，就偏离了原定的海上航线（东北方），径直向东驶去。

在没有任何参照物的洋面上，达蒙·卡莱尔的母亲感到头晕目眩，她失望地依偎在丈夫的怀里说："我们不该来。"

达蒙·卡莱尔的父亲，深情地抚摸着她那金黄色的卷发，说道：

"对于毕生要与海洋打交道的航海探险家来说，能够永远与海洋为伴，将是我们最好的归宿与愿望。"

"可是，我们的儿子还没有见过这个世界呀！"

达蒙·卡莱尔的母亲伤心地说。

这时，她突然感觉腹内一动，急忙对丈夫说："小达蒙要出世！"

说完，便转过身去，对着黑幽幽的大海说道："大海！告诉你一个好消息！我们的小达蒙·卡莱尔，就要出世了！他，也是你们的儿子，请你们善待他吧！"

说完，便闭上双眼，与丈夫紧紧地拥抱在一起，等待着被海洋旋涡吸入大西洋底，结束自己年轻的生命……

第二天，"百慕大"的格雷特湾的哈密尔顿港口，人们围在一条船旁窃窃私语："哇！这个婴儿还是刚刚出生的呢！"

"是呀！他的爸爸和妈妈到哪里去了呢？"

原来孩子的父母都了无踪影，但是刚出生的孩子却被独自留在船上得救了！

奇怪！真是怪事！赶来围观的人们有些迷惑了！

大家真的弄不清那只无人掌控的航海船，是怎样驶进"百慕大"那被诸多岛屿环绕的格雷特湾！

它又是怎样驶入了百慕大首府哈密尔顿的港口的？

刚刚出生的达蒙·卡莱尔被人们急忙包裹好抱上岸，送到一家医院里监护起来。

达蒙·卡莱尔的外祖父和外祖母在自己家中看到新闻，得知自己的小外孙同他的父母亲在百慕大遇险，急忙乘机来到那家医院，将小达蒙接回家中。

海上出生的小达蒙·卡莱尔，习惯了大海的气息与波涛声。每当他哭闹时，只要将他抱到海边，他便会停止了哭声，将两只胖胖的小手伸向大海的方向，灿烂地笑着。

每到此时，达蒙·卡莱尔的外祖父都会沧桑地说："到底是航海家的后代，他也亲近大海！"

他的外祖母眼含热泪微笑着，亲吻着小达蒙。

因为孩子热爱大海，达蒙·卡莱尔的外祖父母就带着他，周游了加勒比海沿岸的所有国家和地区，使得正在牙牙学语的小达蒙·卡莱尔不到四岁，便学会了四种语言：英语、法语、荷兰语和西班牙语。这为他今后的传奇人生打下了良好的基础。

这个时代的人类已经没有学习知识的任务，三十世纪的人类从小学到博士毕业所有知识的学习，只需要植入一个芯片便可以在四分钟内完成。

因此中小学教育的主要任务就是去体验自然，因为任何知识的学习已经都可以用芯片来取代，只有对自然的真实体验需要学习，无法用芯片来实现。

由于达蒙·卡莱尔的父母得天独厚的接触自然的基因优势，加上他出生于魔鬼三角区的特殊婴儿早期体验，仅仅三年时间，他便体验完了小学的课程。他的外祖父又派人将他送到休斯顿的一所教会中学学习，仅仅才一年半的时间，波士顿的哈佛大学便邀请他入学学习。

在这里，他专攻天体物理学与宇宙信息学。直到成为"博士后"那年，达蒙·卡莱尔才刚刚十九岁。

令人不解的是，植入芯片让他掌握的每一种外国语言，在他的潜意识深处，好像原本就会，只要有人与他对话，就像重新回忆起来一样容易。要知道，除非是生长型母语，靠植入芯片学会语言的人，在交流的时候，都好像播放录音一般，显得过于标准模式。而达蒙不然，当地人和他对话的时候，总是感觉他好像从小就在那里长大一般自然。

达蒙·卡莱尔十九岁就被招聘到人人向往的"地球宇宙信息职能中心"的"SETI"部门（SETI是"寻找地外智慧生命"的简称）。由于受到最好的体验教育，在SETI研究所工作期间，达蒙·卡莱尔就显示出惊人的感受能力、想象力和创造力。尤其是他那来自百慕大的特殊感应力，给他的科学研究工作增添了不少乐趣。二十一岁时，他已经是"地球宇宙信息职能中心"的负责人，带领几十个博士生进行信息搜索、分析与破译工作。

对于来自宇宙空间的任何地外智慧生命的弱小信息，他都能够凭直觉感觉到。然后，他便会冲入实验室，操纵高精确度的电、磁、光仪器对那些信息进行搜索、捕捉和破译，准确度令人钦佩至极！

或许，这也是百慕大"魔鬼三角区"的又一难解之谜！

"百慕大魔鬼三角区"赋予达蒙·卡莱尔的特殊"魔力"和从小进行的体验式教育，使他能与宇宙信息接收器融为一体，可以凭直觉捕捉到那些来自宇宙空间的任何地外智慧生物的弱小信息，但对于这个造访的蓝碟的信息，他却什么都捕捉不到。

这个蓝碟上是哪个星球的人？他们怎么会如此迅速地获得我的信息？

似乎听到了他心里的问题，一个蓝碟人从飞碟中出来，边走边微笑着说："孩子，你心中的疑问太多了。你这样破译下去，会走火入魔的。这是因为你们处在三维数空间，要想知道深维空间的事情是很难的，更何况，那是宇宙中心的机密呀！我是'宇宙高能智灵信息总库'派来的飞碟特使，你这次触及零空间的核心机密了，所以，我不得不赶来帮助你，同时也到了帮助地球改变命运的时空点了。"

说完，飞碟就像一团雾气一般消失了。达蒙简直不相信自己的眼睛，飞碟固然速度惊人，但是，这个飞碟就像从没有出现一般瞬间消失，还是从没有见过的那样毫无踪迹！

他赶紧回到房间，看到那本《天幕》还在桌上，马上抢在手里打开，那些弯弯曲曲的宇宙文字忽然间全部换成了达蒙熟悉的母语。

忽然，达蒙持续很久的内心不安平复了。他轻轻打开书，从第一页看了起来。

首先看到的是《天幕》的前言。

第三章 "宇宙信息特使"初现"宇宙智灵中心"

原来这是一本记录着2075年到2107年间的部分宇宙信息的纸质图书，是一本一直没有面世的前人的日记。

上面赫然写着这样一段话：

"第六角宇区G度数空间层三度空间的地球人类精英们，这是一本由我们智灵总库的信息记录员，在你们的空间忠实记录我们所传达的宇宙信息的日记，我们已经重新核实所记内容无误！你们的所有疑问，都将会从这里面找到答案。所有得到这本日记的地球人类，将会从这里接收到我们'宇宙高能智灵信息总库'隐藏其中的高密度高智慧高层级的生命暗能量！"

达蒙深吸了口气，接着早上没看完的日记看下去。这次不用破译，他飞速读了下去。

2106年12月31日　星期三　23：00

明天就是元旦了，老师该让我休息一下了吧。

没想到老师还是按时来到我的身边，给我讲起了宇宙的起源，带我看到一些彩色影像——宇宙的微缩实景。彩色的飘动影像很漂亮！本次记录有些不是原话，是我对那些彩色动态影像的语言描述。

我在一阵头晕目眩之后，像梦幻一样，跟随老师来到了1115亿年前（我也不知道这是哪个时空层的计算数字。），看到了宇宙诞生之初惊心动魄的画面！困惑人类的种种宇宙之初，终于让我有幸目睹了！

那时，我恍恍惚惚地仿佛置身于一个柔和、舒适的空间，时间好像凝固了，自己慢慢地被一个好似"零"的圆空间包围着。那时，我都已经感觉不到周围时空的存在了。

当时，我忽然发现，在自己和老师的周围，渐渐出现了一个明亮的透明球，我就端坐在球里面。向四周望去，无论朝哪个方向看，我都能够看到自己的影像。我感觉到这个空间的内壁，应该是由一个镜面似的物体构成。

实际上，这是老师为了保护我的低能量的灵体，不受到各种宇宙射线的伤害，将我置身于坚固无比的透明大"密码能量团"里。

在这个"能量团"内，有很多用人的意念就可以控制的开关，使我既可以瞬间返回北京的家中，也可以让自己立刻破壁而出，成为"非物质形态灵体"的一点灵光。

在宇宙的高维空间中，如果没有了"密码能量团"的保护，自己那低能量的灵体，将会被那里的高宇能融化掉。只有回到了我们熟悉的第七时空层，回到地球人类的有生物载体的物质身体内，才有可能适应周围的生存环境。

所以，在每一个高维空间层中，我也只有待在"能量团"内，才会有生存安全的保证。

渐渐地，我感觉不到自己的存在了。甚至，连那个包围着自己的"能量团"也不复存在了，只看到无数的光点，在黑暗中闪着耀眼的银光。

这些光点大小不一。正中心有一个点比任何光点都大、都亮，我称之为"零点"。我还发现了一个奇怪的现象："零点"一侧的"黑暗空间"好像越来越小，像被一股看不见的力量充斥着！那些小光点好像都存在意识，并不时地互相吸引，又不时地互相排斥着、碰撞着……

渐渐地，有不少小光点，都被挤压到那个大光点旁边。而且，只要它们一靠近大光点，就马上被吸过去，并融入其中。

那个大光点逐渐大了起来。

因为被吸入的小光点，能量有大有小，它们运行的轨迹也有快有慢,这使得大光点不再静止不动,它有些不平衡了,开始慢慢地旋转起来……

黑暗中的大亮点旋转的速度逐渐加快了,使得周围的引力更强了,形成了一股"光粒子旋风"和"光粒子旋风流"。

一时间,它就像龙卷风一般,狂吸漫卷着周围的小亮点光子。

紧接着,几乎所有的小光点,都被吸入那股无法抗拒的"光粒子旋风流"中……

最终,形成了一个太阳般的大能量光团,亮亮的,并不断地放射出刺目的银色光芒。

这个银色能量光团,将空间的所有小光点,都旋转着吸融后,又慢慢地停下来了,周围又陷入幽幽的黑暗。

此时,包围着大银球的内镜面又出现了,只不过朝一面呈S形状凹进去,凹镜面之外是一片亮亮的景象,遥远之处有一个圆圆的黑幽幽的洞点。在镜面上,无论怎样移动目光,都能显现出那个光亮的大银球。

我正欣赏着这特殊美丽的画面,不料,那个刚刚形成的大银球,却传出了这样的信息:"我是第三宇宙信息中心——智灵总库。"

这个信息是那样强烈,使我的潜意识受到极大震撼!画面中的"智灵总库"像钻石般闪耀!

它为什么说自己是"第三宇宙"的"智灵总库"呢?我不解地想着,难道有三个宇宙吗?那另外两个宇宙,究竟在哪里呢?

"灵儿,"宇宙特使感受到了我的疑问,便在意识中告诉我,"正中心的那个是平衡'阴宇宙'和'阳宇宙'的'智灵总库'。我们的大宇宙'智灵总库'以上,还有一个更大的'无极智灵总库',从中分裂出无数以顺序号做标记的独立的'智灵总库',每个大宇宙都有一个这样的'智灵总库'。你们就是生活在这个第三号'智灵总库'所统治着的大宇宙中。因此,每一个宇宙'智灵总库'，都分别统治着各自的阴、阳宇宙，它们相互之间，都是独立的，并无来往。大家共存于一个'无极暗能量宇海'当中。"

"对了，我想起来了！我记得有一次曾经看到过一份影像资料，说的是地球上有几位天体物理学家也曾提出来这种观点。他们也认为，在我们的宇宙生成之前，在'五维空间'里，就已经存在着另一个'隐藏'着的宇宙了。现在看起来，在'无极暗宇海'当中，还不仅仅存在着一两个宇宙，而是存在着无数的宇宙，只不过还没有被人类发现而已。"我暗自思索着。

就在我正愣愣地体味着特使的话语时，那个亮亮的大银色密码能量团放射出的光芒，突然变成弧形散状，明显是受到了挤压。骤然间，"嗡"的一声爆炸了，那种情景就像核裂变，使那个呈S形状凹进去的凹镜面，又渐渐地凸出去了，这半个宇宙的放射性的时间计时开始了！

那绚丽的光彩，耀眼夺目。

星星点点的彩色光子，带着无数的"智灵因子"的意识信息，迸射开来，就像"天女散花"一般，射向了深邃的半宇宙空间……

那蔚为壮观的场面，是地球人类永远也想象不出来的！

被无形能量挤压而释放出的震动着的"光粒子冲击波"，就像风拂水面一样，形成了巨大的"光子涟漪波"。

"密码能量团"带着我，也随着那巨大的"光子涟漪波"，向四周飘荡着。这个涟漪波并不是圆形的，有一侧飘荡到一个呈S形的边线后，我就再也看不到它的踪影了。

这时我又发现：从银球中心的亮"零"点里，齐刷刷地爆裂出了六个等亮的大彩色光子丸，它们分别朝着银球的上、下、左、右、前、后的方向弹出，而且，它们不管离开中心亮点有多快、多远，却始终保持在同一个球层面中，就好像始终在一个"光子涟漪波"的圈内。

令人不解的是，这六个光子丸，即使是到达了球形的内镜面，却总也穿越不出去。在中心亮光团与六个光子丸之间，好似总有六条无形的弹力线，在不断地拉扯着；而且，这种弹力线，是隐匿于各个涟漪间的，并分别连接着每一个爆炸喷射出去的光子点，它们形成了一个密密麻麻、多层面的"暗天网"。

随着"光子涟漪波"的扩散，渐渐依次出现了九色光环：它们依次是银、紫、靛、蓝、绿、金、橙、红和灰色的立体层面。

实际上，说它们是九色光环并不确切！应该说，它们只不过是一个切开的半个同心球的球面。它们形成一个有着九个层面、九种颜色的同心球，各个颜色的分界界面之间，有着淡淡的相融色彩。

让我感到奇怪的是：那个包围着这一切的内镜面，竟然是由密集的银色光子粒和隐性的光磁电核引力圈构成的。

当宇宙爆炸的大冲击波产生的"光子涟漪波"，渐渐波及内镜面时，它们便会被击碎而起伏不定，接着，又会被反弹而回飘到镜面，并又不断依次映照出灰、红、橙、金、绿、蓝、靛、紫和银色的光彩影像，显现出一幅真正的"宇宙微波背景图"！但不久，被撞碎的镜面，又会因为相互间所存在的强大吸引力，而再次密集起来，重又形成一个光可照人的内镜面，保护着里边的大宇宙。而当那些内镜面被击碎时，溅落并被弹出内镜面的众星星点点，则永远飘落在无边的黑暗的"无极暗宇海"之中了。

我看到在内镜面里，可以清清楚楚地映照出银亮球心，及其一系列的各种变化情景影像来。所不同的是：内镜面所映照出的影像，虽然与原景物一般无二，但它们却是同原景物对称的反像，而且无意识、无声息，影像与原景物之间，无法进行任何信息与意识的交流。一旦等到内镜面重新形成，静待片刻之后，被撞回的宇宙"光子涟漪波"，便又会一圈圈地向内收缩，一侧的凸镜面，又开始渐渐地凹回来，直至宇宙中心。这时，那个耀眼的银亮球心，就会"轰"地一声,又开始向着相反的方向旋转,九个层面之间的距离,便又开始不断地缩短,直至全部卷入球心,又重新形成一个大大的、亮亮的、放射着耀眼光芒的银色球体。时间到此,重又归于"零"。镜面所映照出来的,便又是那个亮银球了。

此时,银球又传出了一个新的信息:"我——已——经——一——宙——岁——了。"

这时,我这个数学并不好的人,默默地按照自己习惯的计算方法,计算着这个宇宙"一宙岁"的周期时间,大约已经过了3210亿年。

正当我楞楞地盯着"内镜面"里的大银球,并正在仔细地观看着它时,一种强烈的潜意识波打入了我的脑海中:内镜面里的大银球,即是另一个大宇宙——"反宇宙"的"智灵总库",但它没有任何独立意识,仅仅是我的一个反像而已。

我的特使老师,用极度浓缩的方法,在极短的时间内,为我演示了我们所赖以生存着的宇宙,在诞生"一宙岁"时的繁杂过程,这种不用详细记录的彩色影像传达方式,给我开启了一扇窥视宇宙演化的门,像观看电影一样有趣!

这真是一个有意义的元旦啊!

达蒙·卡莱尔看到这里,有些奇怪,至今人们都未能了解到宇宙的全景知识,这本二十二世纪的日记里,却能够如此真实地将宇宙全景展现在我们的面前,真不可思议!

他自言自语地看着那张画面说道:

"从古至今,有哪个时期、哪个国家能够将宇宙的神奇画面展现给我们?看那个像钻石般闪耀的光斑,不就是日记中所说的'宇宙高能智灵信息总库'吗?奥,对了!那就是宇宙中心之眼啊!"

....

|第四章|
黑洞和白洞

2107年1月15日

今天特使老师来到之后，我提出还要看彩色影像，不知道宇宙间是否还有更有趣的影像让我观看？

老师了解了我的愿望之后，又将我装到能量团内，带到了"智灵总库"，带领着我从中心向外观看。

那时，我看到：在每个时空层的层面上，都有大小不一的黑点，且一层更比一层黑；而他用意识，带领着我从外层向"智灵总库"观看时，却又会看到在每个层面上都有大小不一的白色亮点，而且，一层又会比一层亮。还有，这些黑点和白色亮点，都不是静止不动的，它们会随着各自层面的错动而飘移。当各个层面上的白色亮点恰巧飘移在同一个"向心纵线"上时，则可以像看单筒望远镜一样，直接看到"宇宙高能智灵信息总库"银色炫目的光芒。

老师明确地告诉我说："这就是你们人类渴望却不可及的真正的白洞现象！"

我说："那如果从里向外面看呢？岂不就是黑洞了？"

老师赞许地笑了笑："当然是！"

我趁机问老师说："老师，有的人将宇宙膨胀叫白洞现象，又将宇宙的收缩叫黑洞现象，对吗？"

特使老师闻言哈哈大笑了起来："他们的想象也太丰富了吧？但你不要混淆人们的思维！"

我让老师给我讲讲"黑洞"和"白洞"，老师说以后有机会的。

"灵儿，你随我到第七个时空层面，也就是那个红色的层面去!"老师提醒着我。

于是,特使老师带着我这个在宇宙间漂浮的"能量光团",来到了一条红色的光带中。随着红色光带的旋转与错动,那时我根本没有呼吸,却仿佛屏住呼吸般静静地观察着……

"哎呀!那不是银河系吗?"

望着眼前的景致,我不由得喊出了声。

透过"密码能量团",我好奇地朝外注视着,发现在繁星闪烁的宇宙空间,竟然渐渐地显现出十二颗星球,正在飞快地围绕着太阳旋转。

"这是太阳系!这我认识!"我高兴地喊着,"老师,奇怪!太阳系外边好像有一个透明的膜包着,也像一个镜面。老师!老师!太阳系里边的星球好像都出不来,都被封闭了!那我们地球岂不是也被封闭在内了?"

我转念一想,不可能!我现在不就是在太阳系的外边吗? 我高兴地指点着:"从中心数,第三颗蓝色的星球,就是我们的地球!真难以想象出,这么大的地球,在宇宙中,如果不仔细找,还真的不容易找得到呢!她竟然连颗沙砾都算不上啊!"

…………

我沉浸在极度的兴奋之中,不时地发出感叹与惊叫。突然间,我又感觉到一种难以名状的信息传来:"我……'智灵总库'的高频信息波,无处不在!"

"这种无形的宇宙意识,就是一种高能量信息波,它的传达速度极快!而且极密集!频率极高!"老师告诉我,"它就像你们地球上空的定位卫星一样,形成一个密布的无形的网。它们虽然看不见,却能渗透到宇宙的各个时空层!"

就在这时,一种强烈的高频信息波又清晰地传来:

"智灵子,我让你感觉到了我所统治着的另一个宇宙,那就是你们所说的'暗宇宙'！"

智灵总库的信息波，明确地传达到我这个地球人类的宇宙信息记录员的潜意识中：暗宇宙是一个无形的能量极度密集的"络合信息网"。

到此，宇宙的真实面目，通过我的特使老师带领我来到极度浓缩的时空中，我终于体验完了。

看完这一切，我坐在"能量光团"内，心中不断地涌动着一股股热潮：是惊异？是激动？还是兴奋？我说不出来。

老师将我带回家中，让我静静地坐着给我上课。

"老师，宇宙确实是一个膨胀而不断脉动的宇宙。它尽管是无限大的，但还是有随之而膨胀的边，也就是由密集的银色光子粒和强引力构成的内镜面。"

"不错，"特使老师说，"宇宙有九个大的度数空间层，之间的距离对你们来说也是大得惊人的。而且，每个空间层，都有一种特有的固定颜色与有别于其他时空层的特殊能量场。你们过去所说的'均匀的宇宙'是错误的，因为你们并没有看到宇宙的全貌。"

稍顿一下，他又告诉我："你们有关'婴儿宇宙'的提法，倒还可以理解。还有，你们所说的通过'虫洞'相互连通的绝对不会是两个'宇宙'！但倒有可能是两个'时空层'，或者是两个'维度空间'。但依你们目前的能力根本办不到！依我看，你们所说的连通两边的那只不过是两个时空点而已。"

望着老师的影像，我突然想问："这么大的宇宙，我们到底在哪里呀？"

老师竟然立刻知道了我的问题，马上回答我说："你们地球人类所有的活动都在圆形地球的表面，无论怎样走都没有尽头，由此而推论宇宙也是无边的，这是错误的！因为你们没有能力看到宇宙'内宇镜'的边，也不可能生活在宇宙边层之外。这就像那些在地球内部生活的'地内智灵生命'一样，如果他们没有高能量、高科技，同样也找不到地球的边在哪里。你们实际上是生活在大'宇宙球内'的一个'度数空间层'里面。准确地说，是在第三大宇宙的阳宇宙的第六角宇区的G度数空间层的一级生命能量场里的三维度（物维）空间能量场中。在那里是永远也找不到大宇宙真正的外边界的。"听到老师的话我明白了为什么我们都找不到回去的路。那是因为我们都不知道自己到底生活在何处。

"'宇宙高能智灵信息总库'离我们这么遥远，我们该如何回归呢？我们是怎样来到这个第七时空层的呢？我还特别想知道：在宇宙第四次能量释放至今的，在地球上的150多亿年的历史长河中，我们是怎样生存、进化到现在的呢？"

我的疑问，一个接着一个！

老师虽然没有直接回答我，但我强烈地感受到，老师很高兴，他的这次任务圆满完成了，因为我对宇宙信息知识的兴趣，已经被他极大地调动起来了，我也很迫切地想了解并记录以后的宇宙信息了。

注：我认为，宇宙间的"黑洞"和"白洞"，人们还没有真正地了解清楚！实际上，我和老师看到的才是宇宙真正的"黑洞"，"黑洞"是连接我们本层度数空间和下一个度数空间的"通道"；而"白洞"则是我们本层的度数空间和上一个度数空间的"通道"而已。还有我们地球人类在大宇宙中的位置，还是无法想象。

达蒙·卡莱尔看到这里，不禁倒吸一口凉气，惊叹道："这本日记里记录的内容，连我们今日已经掌握各种高科技知识的专家们都不甚了解！真是一本'天降奇书'！"

他又急忙翻开下一篇日记，他发现日记中的一幅幅插图，都是非常震撼人心的画作！

|第五章|
宇宙的六个"角宇区"

2107年1月18日 23:00

今天老师又来了,他带着我,让我看到了宇宙的大角宇区域的形成过程。

在微缩的宇宙影像中,我看到了"宇宙高能智灵信息总库"是如何用一种隐形之力,将大宇宙划分出六个角宇区的全部过程。我身临其境般地看到了一个灵动的世界……

正在我聚精会神地观看着"密码能量团"外面的世界时,突然间,听到"啪"的一声巨响,便稀里糊涂地失去了意识……

等我清醒过来的时候,发现保护我的"能量团"不见了,自己已经没有了物质灵体,只剩下了点点星光,成为一个超物质形体状的还尚存意识的小智灵光粒子了。

我恐惧地呼唤老师,说:"老师,我没有了!"

原来,"能量团"破了!我竟然被崩了出来,只残存着一点独立的意识。

"这下可好了!"我感觉特使老师摇着头,无可奈何地对我说道,"我也不用特地保护你了,你破壁而出,只有融入原始的宇宙空间,自己去用意识体验了!"

特使老师虽然是这样说,但我知道他还是暗暗地用自己的特殊智灵能量,将我的"智灵子"严严地保护起来,以避免与当时的"宇宙高能智灵信息总库"的意识体相融(如果真的相融了,也许我就回不来了)。

老师又将宇宙的形成过程简短地演示了一遍。我默不作声地观察着自己周围的神秘世界。

在这里,除了无处不在的各种宇宙信息意识之外,就只有数不清的小光粒子了。那时,它们散布得不是很均匀。

这些光粒子,每一个都是独立的意识体。它们都有很高的宇宙能量,还能够不断地去捕获周围更小的光粒子的能量来补充自己。周围的空间渐渐受到挤压,就像上一次看到的一样,有一个显得特别"聪明"的光粒子开始慢慢地旋转起来,并不断地加快旋转的速度,将周围带起一股旋风。

这股旋风就像龙卷风一样,将周围的所有光粒子都席卷在内,我也差一点被吸进去!它不断地变大……同时,能量也在逐渐地升高……

当混沌世界中所有的光粒子,都被挤压、聚集在一起的时候,它们组成了一个银光耀眼的大光团。这是一个有着极高能量的宇宙独立意识体!

"坏了!"我的意识体低低地叫了一声,"我有些模糊,快要被大光团吸融了!"

"不要怕,这个大光团就是'宇宙高能智灵信息总库'!我们都是他其中的一个小智灵光粒子。它有着所有光粒子的正负两种意识能量,并将它们转化为一个独有的宇宙意识能量体。在将来,它还可以将你分离出来。此时,你试着在这个光团内静静地体验他的最初意识吧。"

我强烈地感受到此时的"宇宙高能智灵信息总库"是一个阴阳共同体。它用一种特别柔和的能量光波将我包裹起来。我感觉它在生成之后,被一种难言的孤独与寂寞笼罩着。为了向我这个来自地球的人类"智灵子"显示作为"宇宙高能智灵信息总库"的聚、裂能力,它开始不断地对着内宇镜变化、聚集着自己的意识能量,继而转化成我们地球人所熟悉的各种不同形态的影像:既有飞禽、走兽的形影，也有风雨雷电的影像；他尝试着聚出了花草树木和山川河流，甚至还有类似北京城内的楼宇广场和雄伟壮观的故宫宫殿……

内宇镜内，刚刚还是万道彩光；

转眼之间，又变成了电闪雷鸣；

…………

凡是他的意识所动，内宇镜里都有模糊的影像出现。在我的脑海中不由想起了爱因斯坦的质能互换理论。

我傻傻地欣赏着智灵总库的"意识杰作"，这真的是一个人类前所未有过的特殊体验。也许高维空间的智灵人都有这种神奇、变化的本领！

"宇宙高能智灵信息总库"就这样不断地演化着，对着内宇镜欣赏着，它阅遍了无数个大千世界。这个高能量的意识体，在不停地聚集着，翻腾着，裂变着……

我感知到"宇宙高能智灵信息总库"的思维在活动着：这个宇宙太大了，要想统治好这个宇宙，必须将它们分成区域来管理！

于是，"宇宙高能智灵信息总库"从自己的大光能量团中，裂爆分离出六个大小相同、能量相等的"空极能量团"，按照分离的顺序，给它们分别配备了数字代码。

这六个空极能量光子团，既有各自独立的思维意识，但又脱离不开"宇宙高能智灵信息总库"的潜意识能量网的控制，就像有六条无形的弹力暗线，随时在操纵着一样。我的脑海中突然接收到了一个信息："这就是99维空间能量场！"

后来，"宇宙高能智灵信息总库"又开始将大宇宙划分成六大区域，分别由这六个"空极能量团"来统治管理，它们又成为各区域的"空极智灵中心"。

我看到它从自己的球中心，分别向四周喷射出了好多条射线，直达宇宙的边缘，将宇宙划分成天、东、南、西、北、地共六个"四棱锥体"形状的大区域。

"哎呀！这不就像我们地球上金字塔的形状一样吗？"我的意识在暗暗称绝！默默地观看着当时的情景。

只见"宇宙高能智灵信息总库"，又在各个宇区之间，布上了一层由强光、宇磁和电离层构成的"宇界网"，使各个宇区之间，看似无界，却又不能够互相融合。

为了方便记忆，"宇宙高能智灵信息总库"将这六个大宇宙区域称为"角宇区"。它们分别为"天角宇区""东角宇区""南角宇区""西角宇区""北角宇区"和"地角宇区"（简称为"地宇区"），按照从A到F顺序分别对应着命名为"A宇区""B宇区""C宇区""D宇区""E宇区"和"F宇区"，又依次称为"第一、二、三、四、五、六角宇区"，其中一、二、三各角宇区是暗能量区，我基本上看不见。但四、五、六各角宇区我能看见，它们的能量场也大致相同。

"宇宙高能智灵信息总库"又分派那六个"空极能量团"，分别统治着一角宇区、二角宇区、三角宇区、四角宇区、五角宇区、六角宇区的宇宙区域，成为每个角宇区中的"A级空极智灵中心"。

宇宙高智灵总库将自己所统治的宇宙中心称为"零空间"，位于六个角宇区的核心位置。

后来，"宇宙高能智灵信息总库"将六个"空极能量团"，推到"零空间"外边的"第一度数空间层"的各个角宇区内。说是推，实际上是因为这六个"空极能量团"的宇宙能量场不适合在"零空间"生存，这个空间层是亮亮的紫色。这里同样是一个高维数空间层，仅仅低于零空间。

在紫色的"第一度数空间层"中：

第一A角宇区的智灵中心为一号A级空极智灵中心；

第二B角宇区的智灵中心为二号A级空极智灵中心；

第三C角宇区的智灵中心为三号A级空极智灵中心；

第四D角宇区的智灵中心为四号A级空极智灵中心；

第五E角宇区的智灵中心为五号A级空极智灵中心；

第六F角宇区的智灵中心为六号A级空极智灵中心。

从此以后，宇宙安定下来，按照当时的宇宙规律运行着。

这个宇宙太大了，如果让我看的不是微缩了的全息宇宙，地球人根本看不到它的全貌！

记得上次宇宙特使老师告诉过我，我们地球人类生活在宇宙的第六角宇区的第七时空层的一级生命能量场的三维度空间里面。

看完这篇日记内容，达蒙·卡莱尔思绪纷纷："我们研制出那么多高科技的望远镜，竟然都没有一个记录员记录的宇宙天体知识深奥、全面！"

"真没想到！在几百年前记录的天体宇宙知识，我们到现在都还没有弄明白！惭愧呀！"

他仔细端详着那张巨幅的黑白画作插图感叹着："这幅绘画作品虽然只有黑与白两种颜色，却真实表现出宇宙诞生时震撼人心的画面！那该是一位什么样的天才画家呀？看来这位画家的这幅作品，超过了以往的达·芬奇、毕加索、马蒂奇和波洛克等艺术大师的绘画水平！"他不住地赞叹着。

这时，达蒙教授的一位博士生敲门进来，看到日记中的那副黑白插图，告诉老师说：

"达蒙教授，我见过这幅画的真迹，那是我一位朋友的祖上收藏的，就是日记里面展示的这幅画，好像叫什么'创世纪'。当时市值还不是很高，他的祖上仅仅花了一千二百万元美元就到手了。"这位年轻的博士生自豪地告诉老师。

达蒙教授摇着头说："那现在这幅作品的市值，应该是一个天文数字了吧！我不懂绘画艺术，你能告诉我，这是古代哪位画家画的？这位画家是怎么画出来的呀？我简直无法想象！"

"咱们到绘画艺术大师数据库去查一下，不就知道这位画家是谁了嘛！"博士生回答。

到了午餐时间，达蒙教授揉按着疲惫的双眼，起身匆匆用过餐之后将刚刚读完的一篇2107年1月27日的日记投影到穹形天幕上，自己慢慢地欣赏着。

2107年1月27日 23：15

特使老师晚了十五分钟，一开课就说要给我讲讲宇宙的"生命天河屏障"的故事。下面是课程笔记。

就在宇宙"三宙岁"时，宇宙中还没有设置"生命天河屏障"，那些"有生物载体的智灵子"，曾被甩落到第七时空层的最多，也就是这个时空层"有生物载体的智灵子"，回归到我们"宇宙智灵中心"的家是最艰难的。因为，他们面临着两个最大的困难与危险：

（1）准备回归的"智灵子"，与其生命载体即有生物载体的"物质生物体"的分离，是很痛苦的；

（2）来自第八度数空间层生命场的四度空间，弥散着"邪恶意识"同频信息的诱惑，这是他们最难以抵挡的，也是最危险的。（注："度数"指宇宙空间场态。"维数"又称"维度"指宇宙能量场态。）

当时生活在那一空间层中的"有生物载体的智灵子"，也同样都是从宇宙"智灵中心"分离出去的。那时，他们同样是为了实现"宇宙高能智灵信息总库"开发、繁荣第六角宇区的理想，不畏艰辛，从遥远的宇宙中心"零空间"，经过了"第一度数时空层"，穿越了"第二度数时空层""第三度数时空层",又来到了"第四度数时空层""第五度数时空层""第六度数时空层"和"第七度数时空层"(也就是我们所生存的第六角宇区、第七时空层的三度空间能量场)。

还有一些智灵子,因为宇宙生命能量的极大损失,不得不坠落到第八度数空间层了。

老师在叙述宇宙三宙岁时外飘的智灵光粒子在回归时所遇到的种种艰难时,声音有些颤抖、悲怆!他说,"智灵总库"绝不愿意让这样的悲剧在宇宙四宙岁时的智灵子们的身上重演!因此才又在各层天之间,多加了两道阻止"生命光子流"外飘的"生命天河屏障",那是一种非常坚实的"弹力膜",将生命"智灵子"分别阻止在第三和第六度数空间层之间的范围以内。

当宇宙真的到了第四宙岁时,由于各种智灵粒子的能量弦所产生的共同频率等智灵因素,导致一些智灵光粒子们冲破了生命光子流的那第一道屏障——光离子玄波网,后来,又有一些生命光粒子私自冲破了生命光子流的第二道屏障——磁粒子玄波网,最终又掉到了第六角宇区第七度数时空层的一级能量场的三度空间中。

从那时开始,不断的厄运与痛苦,就一直伴随着有了生命生物载体的后代子孙们!

老师长叹了一声,说道:"你们前辈们那时所犯下的错误,让他们的后代子孙们一代又一代地繁衍、承担下来。他们不仅要时时经受着各种天灾给生物载体带来的痛苦与不便,还要无休止地忍受着天谴所带给他们心灵深处的种种折磨。"

老师告诉我:

将来你们回归宇宙中心的家园时,"第七度数时空层"中的每一个"有生物载体的智灵子"将会困难重重,且不说需要穿越每一个时空层近一亿六千三百万个千亿秒差距的遥远距离,仅仅是寻找通往上一个时空层的"白色时空隧道"就已经难如登天,更何况,还必须要有足够的生命宇宙能量,才能够去冲破那坚实的"生命光子流"屏障。最后,还必须要寻找到那一条回归的捷径——白色时空隧道(白洞),就更是难上加难了。

"宇宙高能智灵信息总库"有些后悔当初的决定,不该放松对那些离开"智灵中心"的智灵光粒子们的监视,让他们飘得那么远。尤其是看到他们冲破了宇宙的最后一道生命防线飞降到第七度数时空层,成了一群"有生物载体的智灵子"时,就更加后悔异常。这将使他们接触到五彩缤纷的有生物载体的"物质世界":能够听到悠扬美妙的声音,还能够品尝到煎炒烹炸出来的种种美味,能够切身感受到什么是痛苦与舒适,能够品味出悲伤与愉快、不幸与欢乐。面对那种种"物质世界"的诱惑,那些智灵子们还怎么愿意回归到一个"超物质的无形世界"中来呢?

老师告诫我说:"就是这些有形的物质,不断地给你们无形的智灵'回归'造成了种种威胁与牵挂。同时,也为你们的'智灵子'的回归,增加了更多的难度;也正是因为这些降落的'智灵光粒子'有了物质载体,才让那些具有负能量的邪恶、丑陋、卑鄙的意识深处的种种感官欲望,得以对他们施展种种的腐蚀与诱惑。

"让宇宙'智灵总库'最最痛心的还不仅仅是这些,而是你们这些在'物维空间'有着物质载体的后代子孙们,因为世世代代地在各种不同的物质载体中轮转,看不清自己的智灵祖辈与亲缘,竟然为了个人的感触与私欲,互相残杀、弱肉强食。在你们的餐桌上,已经分不清哪些食物曾经是自己'兄弟姐妹'智灵子的生物载体,哪些是自己曾经的'父母长辈'智灵子们的物质载体,哪些又是自己曾经最最宠爱的'后代子女'智灵子们的生命载体了。"

我听到这里,不想再记录了,这已经超出了我的认知范围了。我的心不知道为什么,总是有些微微的颤抖与刺痛!

老师感知到我的情绪变化，于是将他强大的"爱"的能量融入我的意识中去，使我感受到了他那强大的"爱"的能量场，在我的灵魂深处激起了阵阵涟漪，就像是体内有一根根细细的琴弦，被一只温暖无形的手拨动了。那是一种说不出来的特殊的亲情共振，是暖意融融的母腹中孕育着的胎儿，在意识清醒时一种真实的天伦之乐！

今天老师讲的好像是宇宙空间有种种生命屏障，应该是一些什么电磁流、引力场、核磁爆之类的能量隔离层，还讲了地球人类有生命载体的缘由。

达蒙·卡莱尔看完这篇日记，暗想：人类的智灵生命原本是不允许到我们这个空间里来的，可是为什么后来又都下来了呢？只有我们这个时空层才有物质形态的星体和物体，人类也一样，有了物质的生命载体。还有那个光离子和磁粒子构成的"弹力膜"、宇宙空间里的"黑洞"与"白洞"……

他接着翻看下一篇日记，但首先扑入眼帘的仍然是一幅震撼人心的画面！

|第六章|
宇宙"零空间"以外的三个空间

2107年3月5日　23：20

下面是根据宇宙特使老师带我观看到的彩色影像，我做的记录。

"零空间"位于阴阳宇宙"分界线"的中心地带；"智灵中心"则处于"零空间"的核心位置；而"智灵总库"就是"智灵中心"的"核心之眼"。无论两半宇宙如何膨胀、收缩，互相挤压，它都是静止的。

"智灵总库"高能量光团以强大的吸力，将六个"空极能量团"紧紧地旋转着吸到自己周围。

突然，只听"嗡"的一声巨响，"智灵总库"那密致的高能量光团，刹那间迸发出万道彩光，循着六种不同的颜色，射入六个"空极能量团"内。

六个"空极能量团"被带有巨大"意识能量"的彩色光芒射中，并被弹出宇宙中心零空间，飞到了宇宙的第一个时空层。

这是一个充满亮紫色的时空层。

由于"智灵总库"能量团迸发出来的能量太大了，六个"空极能量团"都被轰击出一个彩色斑斓的"智灵子"（阳极能量团）光粒子。

只有第六号空极能量团不同，被轰击出两个"智灵子"光粒子：一为金色，一为紫色。

一号空极能量团，被轰出一颗靛蓝色光粒子；

二号空极能量团，被轰出一颗碧绿如水的光粒子；

三号空极能量团，被轰出一颗赤如烈火的红色光粒子；

四号空极能量团,被轰出的是炫人眼目的银白色光粒子;

五号空极能量团,却被轰出一颗神秘幽亮的玄色光粒子。

六个"空极能量团",看着飞进出去的彩色"智灵子"光粒子,异常惋惜,他们迅速地沿着逆时针的方向旋转起来,施展出自己强大的吸力,想把那些被轰击出来的彩色"超物质智灵子"(阳极能量团)光粒子,再吸入能量团内。

但是,却无论如何也办不到。

这七个彩色"阳极能量团",由于受到能量轰击时的惯性所致,拖着长长的彩色光尾,从紫色的第一时空层,被弹射到了宇宙的第二个时空层。被轰击出的七个彩色"阳极能量团"因其能量的减弱,无法继续留在自己母体能量团所在空间,所以向着下一节空间弹射而生存。

这第二个时空层是一个亦紫亦蓝的时空层,非常漂亮,非常神秘。

"宇宙高能智灵信息总库"能量团的能量,是无穷大的。

从六个"空极能量团"的中心分射出来的七个彩色"阳极能量团",受到能量惯性的推力,也分别被震射出七个彩色光粒子球(阴极能量团),其中有一颗是"阳核能量团",最大、最亮。他们径直朝宇宙的第三时空层飞去。

这七个"阴极能量团",将分别是各角宇区第三时空层的"智灵中心",称之为一到六号的"阴极智灵中心"。

老师为了让我对自己所生活着的宇宙结构有一个感性的认识,今天又带着我来到了宇宙的第三时空层,这是一个湛蓝色的时空层,格外光亮、清澈。

这一次见到的是七个高能量的"阴极能量团",其中有一个格外地与众不同,是一个具有"阳核"的能量团。只见那七个"阴极能量团"聚集在一起,互相之间产生了摩擦与碰撞,发生一幕让我难以忘记的景象。

那六个"阴极能量团",将他们之中唯一的一个"阳核能量团"团团围住,划出了道道彩光,在宇宙第三时空层尽情地"玩耍",绚丽无比。

"智灵总库"在宇宙间,通过暗天网,可以随心所欲地派遣众多"智灵子"去开发这个庞大的宇宙时空。他不断地思考着,在三大时空层之间,打开一条白色时空隧道(白洞),径直贯通那三个时空层,以便高维空间的"智灵子"们可以自由地出入各个时空层。

此时,便有了光彩照人的十四个"智灵子能量团"在宇宙间闪耀,整个宇宙都呈现出一片欢欣之景。"智灵总库"又在宇宙的外层空间设置了两道"生命天河"的屏障,将所有的智灵粒子团与下边的时空层隔离开来,尤其是宇宙的第八、第九时空层,根本就没有智灵生命的存在。一旦有生命"智灵子"飘落到那里去,智灵体将会受到痛苦煎熬,更是一去难返。

这个时空层,即宇宙的第八时空层,是一个负极能量场的空间,那个湿漉漉、充满了霉变气味的时空层,天是灰蒙蒙的一片,只能借助内宇镜反射出来的微弱的光亮,才能够看到一些不断飘动着的影子。

至于宇宙的第九时空层,则是一个更大的负极能量场空间,这里已经是宇宙的边缘了,属于旷野之处、内宇镜层,人们常常将这一空间层误认为是无极宇海。

这里,是一片死寂的世界,无声无息,天空漆黑如墨。无论是谁,到了这里,都将会被无边的黑暗负能量所吞没。即使是超"物质形态灵体",也难以逃脱被负能量所吸融的下场。

宇宙间所有的"智灵子",一旦坠落到这里,也就很难有"回归"的希望了。

这篇主要记录了各个角宇区的三个时空层中分别存在着不同宇宙能量级别的高能量智灵团,他们都是从高十二个维度能量场的智灵团中裂变而产生的。

达蒙·卡莱尔一边盯着屏幕上的文字，一边迅速打开自己充满智慧的思维空间，展开了丰富的想象，脑海中渐渐凸显出宇宙中多彩绚丽而又激烈的核裂变图像，就像开头那幅震撼人心的画面！

接着观看下一篇日记。

2107年3月15日 23：50

我以为老师今天不来了，迷迷糊糊地快睡着了，老师的信息又从遥远的天际传了过来。老师到来的时间越来越不确定了。

今天老师为我介绍宇宙如何分成内、外以及"生命天河屏障"的一些有关内容。下面就是今天记录的内容：

当时，"宇宙高能智灵信息总库"开始用其强大的真空"虚态暗能量"使宇宙旋转起来。他以宇宙中心的"零空间"为中心轴，接着是第一时空层，后来便是第二空间层、第三空间层，都一起随着他朝逆时针的方向，旋转了一百八十度，第四空间层以外的各层空间，都没有随着中心转动。

后来，当"智灵总库"发现前辈"智灵子"突破两道生命屏障时，就又将这两道天网暗暗地隐藏在了每一个智灵生命的物质载体里面，目的就是训练你们的智灵粒子体将来回归之用。

老师告诉我：在人类生物体内正中笔直的信息能量通道里面（我们通常叫炁脉），也有两道很难突破的屏障。下边一处叫"幻海"，他们位于"心窝"和"肚脐"之间；上边一处叫"慧屏"，位于"眉心"内和"百会"下的交汇处。"海底"（会阴处）有一个"智灵密度胶子"（蓄能因子），会不断地聚集、储藏信息能量，就像激光发射器一般，将能量送至头顶，能量不断上升运行的过程，就是打通智灵子回归宇宙的体内通道的过程，最后还要打通两眉之间的狭窄通道（就像宇宙间的第二道生命屏障），最后才能够达到顶穴，破顶而出跃入宇宙空间。这个锻炼过程很长，有的也许要用一生的时间来打通这个通道。一旦海底的"蓄能因子"接到回归指令，会马上点火"发射"，直奔顶穴跃出。

我问："如果还没打通就接到回归指令怎么办？"

老师答："那可就麻烦了！蓄能因子会被挤碎，哪里有缝隙，就从哪里溢出去了，能量被分散了！"

我问："老师，我的通道打通了没？"

老师答："你必须好好训练自己才有可能打通。"

"那就请您帮我打开不就行了吗？"我说，又转念一想，"不对！我已经打通了，不然我怎么会跟您跑出来呢？"

老师说："我带你出去的是'丸态思维因子'，如果将你储有密码的'蓄能因子'带出来，你的生命载体的运行轨迹也就到达终点了。"

我说："如果我们人类都这样回归宇宙的家园，倒也没有什么痛苦！我们怎样才能……"

"行了，快记录吧！"老师马上就感知我要问的问题，毫不客气地打断我的问话，没办法，我只好乖乖地记录。

老师告诉我，在那两道屏障之间，形成了宇宙第四、五、六时空层——"无形生命智灵体"的活动空间层。凡是在这一空间层中生存的"智灵子"，将来回归还是比较容易的。因为，他们不需要经过有生物载体的"物质载体"和无形的"智灵子"的分离过程，因而，生物载体内的神经系统就不会感知到他们的抽离，也就没有那么多的痛苦（见《前沿科学》杂志"生命客介态再识"一文）。

这样一来，自第三空间层以内，便被划分为"内宇宙"，又叫"内宇区"。

"内宇宙"是一个极为稳定的时空，因为，宇宙中心零空间

"智灵中心"本身是一个正负能量共同体,他时而选派出一个高能量智灵子作为"正极能量团",统治着阴宇宙;时而又选派出一个高能量智灵子成为"负极能量团",去平衡着另一半阳宇宙,他们还根据需要,随时将六个"空极能量团"席卷到宇宙中心——"零空间",平衡着宇宙的中心区。

另外,第二时空层和第三时空层,这两层天也由"阳极能量团"和"阴极能量团"组成了两个稳定的阴、阳时空层。

所以,"内宇宙"是一个极为稳定的时空层,它就是一个"广义的宇宙中心","零空间"就是名副其实的宇宙的"核心","智灵总库"则是宇宙核心之"眼"。

"宇宙高能智灵信息总库"在第三时空层和第四时空层之间,设下了第一道"生命天河屏障"——光离子玄波网。

"智灵总库"同时又将"光离子玄波网"以外的第四空间层、第五空间层和第六空间层这三大空间层,称为"智灵子活动空间层",限定为外飘的"智灵子"们活动的最远的空间层,因为这里的生命能量场,不适合智灵生命的物质载体生存。

在第六和第七空间层之间,又设置了更为坚固的第二道"生命天河屏障"——磁粒子玄波网,为的就是将所有外飘的"智灵子"都阻挡在这道生命天河之内。

"智灵总库"将第四空间到第九空间,全部称为"外宇宙"。在"外宇宙"里,又将第八、九空间层,称为"宇边空间层"(宇宙边沿空间层),将不会有"智灵子"飘落至此。

"宇宙高能智灵信息总库"很清楚:在外宇宙的第七时空层里的三度空间是一个"物维空间"层,也只有在这个空间里,才有唯一适合生命物质载体生存的生命能量场,同时它又是一个极为危险的生命能量场。

在"外宇宙"中,又有阴极能量、阳极能量两大宇区,"阴极宇区"主要指的是第四、五、六和八、九时空层。

在阴极宇区里又分"正能量场"与"负能量场"的宇区，第四、五、六度数空间层属于"正能量场"阴极宇区；而第八、九度数空间层，则属于"负能量场"阴极宇区。

在外宇宙中，最为特殊的当属地宇第七时空层——也就是你们的地球所在地——第七度数空间层了。因为，在这一层天中，又分为了上、中、下三层空间能量场和"四度空间"，既有半阴区，也有半阳区：

在上边靠近第六时空层的地方和下临第八时空层之处，为半阴极区，以"隐形生命灵体"生命场为主；而在两个半阴极区中间夹着的有你们地球人类生存着的那一层，则为半阳极能量场区。只有这一区域，才是一个以"物质生命灵体"生命场为主的地方，这里才是物质灵体与超物质灵体共存的生命能量区域。

内、外宇宙，从此永相隔。

老师讲的我也分不清到底是科幻故事，还是真正的大宇宙的结构。看起来，我们生活的空间，与那些"智灵子"们比起来还是太小了！这么小的活动空间，人类之间就应该和平相处，共同守护好这个小小的家园！如果真的失去了这个家园，我们还能到哪里去寻找立足之地呢？是不是人类即使不用战争毁灭自己，自己也只能坐等死亡的来临呢？

"那位宇宙特使讲的内容好深奥啊！超出了我们目前科技发展的认知范围！难怪有人说，我们是踩着前人的肩膀开阔自己的视野的。一点儿没错！"

达蒙教授又忍不住发表自己的见解。

接下来继续……

| 第七章 |

智慧惊人的"黑洞之旅"

2107年4月3日 23：10

老师到来之后，我问他："为什么智灵总库那么紧张我们来到这个空间？"

老师："那我们今天就不讲其他内容了，专门给你讲讲你们的生物载体的最简单的知识。"

因为"智灵总库"很清楚：你们这些小"智灵子"一旦堕入这一空间（第七度数空间层），尤其是到了中间这一时空层，这里的生命能量场就会迫使你们到处寻找生物载体寄存。那时，你们高能量的"智灵子"便会蜕变为较低能量的"天粒信息胶子"，并且继续裂变，一分为三，分为"光粒信息胶子""音粒信息胶子"和"色粒信息胶子"（现代科学将有物质载体的"智灵子"叫"巨密度蓄能因子"或"色粒信息胶子"），寄居在有生物载体的物质载体内，给这个物质载体以各种先天意识与潜意识，使这个"物质载体"显现出各种物化生命迹象，从此就要受到生活环境的种种限制。

老师再一次强调：如果天体运行轨迹真的到了那个特殊的时空点，就必须给你们创造出一个相应的内外环境。在这个外部自然环境中，无论是"生命灵体"还是"非生命灵体"，都将要需求物质能量的生物载体；在内部环境中，他们要有一个能够思维的因子，懂得用各种自然物质能量来补充自己的生命载体生存时所需的各种内部能量，而且，这种内部环境，还必须由宇宙中的特殊物质粒子集聚而成。只有这样的内外环境，才能使未来的那些跌落到第七度数空间层的"智灵子",在那里继续生存下去。

我问道:"我们将来还能回到原来的地方去吗?"

老师回答:将来我们回归时,也会像三宙岁时的"智灵子"们一样,受到层层阻力。因为,那时的回归是无法带着你们的物质载体的。无形的"智灵子"与有生物载体的"物质载体"的分离,将会使有着思维功能的"丸态因子"痛苦万分。他们不但要通过物质体内的"慧屏"屏障,还要通过物质体外宇宙间那两道坚实的"生命天河屏障"。

"宇宙高能智灵信息总库"决策人想到此,决定将我们以后在七时空层的行踪秘密封锁。为了我们将来的生存与安全,将银河系封闭起来,又将太阳系封闭起来,最后将地球也封闭起来。(难怪总也找不到银河系外的智灵生命呢,也不见他们来地球访问我们!)

"那我们岂不是生活在监狱里了?没有了人身自由?"我小声嘟囔着。

没想到老师接收到了我的脑信息波,说:"如果不将你们封闭起来,你们生活着的这个空间层里处处是危险!单凭你们自己的能力,根本无法生存下去!"

老师有些激动了,提高了信息频率,我有些受不了。我强忍着头痛(根本找不到头在哪里,但就是感觉出头痛),说:"您能来去自由,我们如何也能来去自由?"

老师发现我的思维波好像"抱着脑袋",意识到自己的频率有些高了,马上重新调整了信息传达的频率,发射出一种蓝蓝的光罩在了我的"思维因子"上面,脑袋马上感觉不痛了。

老师声音柔柔地对我说:"无知!你们是一群生物生命体,在宇宙间诸多的生命能量场中,唯独这个维度空间才适合你们生存。要想离开这个生存能量场,就必须有一个坚固的容器来保护你们,否则，你们根本无法适应宇宙间其他生命能量场的高密度能量，也就更谈不上在那里生存了！不信你们首先可以试试在宇宙飞船外边脱去防护衣？"

我想，人类别说离开地球了，就是想离开地面高一些，也得求助于飞机呀！还不敢将窗户打开！

我想了想，满怀希望地问道："老师，您可以带着我离开地球，那将来回归时，您还来到这里，把我们所有的地球人类也包在'能量光团'里面，一起带走岂不更省事？免得大家找不到智灵中心的家。"

老师告诉我："我带着你，也仅仅是将你的一个'小思维粒子'带出去，其实他就是一个有着思维功能的'丸态因子'，并没有将你载体内的'巨密度蓄能因子'也一起带走啊！将来，你们回归时，还是要经历'蓄能因子'与肉体分离时的痛苦！"

我说："老师，怎么又多了一个新名词？"

老师回答："那个'巨密度蓄能因子'，是你们地球人类科学界提出的一个通用名词啊！也可以叫'智密胶子'或'蓄能因子'。"

"哦！"

老师继续给我讲更多的内容：

在宇宙各层智灵中心的家，都是没有生物载体的"高能量、高维度、高密度的智灵生命场"，而且，还必须具备适应那里的高能量场级别的生命能量，才能够在那里生存下去。之所以要我们必须经历灵与生物载体分离的痛苦，就是因为我们自己要飘落到这个"物维空间"，为了适应这里的生命能量场，不得不进入生命载体中。将来如果不将那个载体丢下，我们是无法回归的。这个他以前也告诉过我。

我问道:"怎么分离能够减少点痛苦呢?"

老师说:"你现在别总是纠缠在这个问题上,有关的内容我以后会告诉你。现在你不想听听地球的来历吗?"

我说:"我知道,不就是宇宙里的一块大石头嘛!"

老师笑着压低了信息频率告诉我:"那是智灵总库制造出来的!当时,'宇宙高能智灵信息总库'那巨大的能量光团,猛烈地震动了一下,发射出一道耀眼的霞光,闪电般射了出去……"

接着,老师在我的眼前,展现出一幅壮丽的图景,我的意识跟随着霞光,一直追踪过去……

只见那道霞光,穿过内宇宙的第一度数空间层、第二度数空间层、第三度数空间层三大时空层之后,发出"噼噼啪啪"的光爆声,穿透了错位的三、四时空之间的"生命天河屏障"——光离子玄波网,又穿过外宇宙的第四、第五、第六三个时空层,射穿了第二道"生命天河屏障"——磁粒子玄波网,一直到达了第七时空层即"第七度数空间层"。

在那里,霞光聚了又散,迸裂成无数的繁星。这些繁星的体积大小不一,亮度不等,都在飞快地旋转着。聚集成的光团,也是有密有疏,颜色绚丽,五彩缤纷,非常好看。

我看到,有七颗闪着蓝绿色光芒的星块,互相碰撞、爆炸了三次之后,融成了一个圆圆的大球(明显的人工痕迹),围绕着一颗大红火球在转动,成了太阳系里的一员。

这个蓝绿色的大球,还不住地围绕着自己倾斜的"球心轴"自旋。

我刚要发表自己的见解,就传来了"智灵总库"的"同频意识信息波"的声音:

"灵儿,你看到的这个蓝绿色的大火球,就是第七度数空间层中的一颗新星球——警戒星，也就是被你们（人类）称之为'地球'的星球。你们的前辈和子孙后代们，就在这里世世代代地繁衍生存。它有坚固的外壳与丰富的生态环境，满足你们生物体生存所必需的一切条件。在我召回你们之前，只要你们敬畏它、爱护它，它就是你们永久的家园。"

我又有问题了，问老师："老师，'宇宙高能智灵信息总库'把宇宙分出内外，我们从'白洞'不就看不到宇宙中心了吗？将来回归时不就碰到那个'屏障'了吗？是不是到时候就把那个'屏障'给我们撤掉啦？"

老师笑而不答，我感觉到他在盯着我看，我可能话太多了，又违反了什么无形的"宇宙规则"了吧？没想到老师没怪我，还说："你真的还有兴趣听我讲？"

我高兴地在心里答应着。于是，老师继续讲：

"宇宙高能智灵信息总库"之所以将宇宙分出内、外，不单单是为了大宇宙的稳定，还有一层更为隐秘的意义：为了避免内宇宙的各个"智灵子"偷偷地私自冲破第一道内宇宙生命屏障，跑到外宇宙中去，破坏了整个大宇宙的平衡。那样，不仅将来回归的"智灵子"们的数量会越来越多，也会麻烦不断。只有如此，整个宇宙才可以更好地维持稳定的状态。内宇宙稳定了，整个大宇宙就获得了平衡。无论外宇宙如何转动、膨胀、收缩，内宇宙都会在零空间"智灵总库"的控制之下，一动不动。

再说当时已经落到第四时空层的那些"智灵子"，突然看不到通往"内宇宙"各层天的"白色时空隧道"时，在潜意识中，突现出了不安的情绪。

但当他们一齐掉转头来，再一次仔细分辨时，发现通往外宇宙的各条"黑色时空隧道"依然存在，心绪稍稍稳定下来。

这时，"宇宙高能智灵信息总库"传来思维意识信息波：

第七章 智慧惊人的"黑洞之旅"

"为了避免你们外飘,你们要充分利用自己的智慧与能量,学会独立开发宇宙两道"生命天河屏障"之间的三大宇空,在那里建功立业。你们千万不要越过'生命天河'的那第二道磁粒子玄波网'屏障'!"

但后来,让"宇宙高能智灵信息总库"感到有些不安的是那些"智灵子"们竟然真的冲破了第二道"生命天河屏障",克服了重重阻力,降落到了警戒星球上。事态的发展,已非外力所能控制,将来的一切,也都会按照宇宙的固有规律去发展,将永远随着时间的脚步向前走去。

看起来,地球原来不是自然形成的,竟然是有意制造成这样的,人类有个物质载体真可怜!

达蒙·卡莱尔看完这篇日记,伸了个懒腰,捶了捶自己酸痛的肩膀,想道:这下我终于找到理论根据了,原来地球是从遥远的外太空送过来的!

2107年4月19日 23:40

今天宇宙特使老师来到我面前,与往常不太一样,是一个篮球般大的蓝色能量光团,在我头顶斜上方不停地闪耀着。

我很喜欢这种清湛的颜色,对他说道:"老师今天的样子很漂亮!今天咱们上什么课呀?您有什么信息传达给我呀?"

老师回答我说:"我今天想带着你穿越白色时空隧道,你怕不怕?"

我说:"老师,我不怕!但是您必须保证把我送回来!"

"那是当然!"

于是我感觉自己变成了一个蓝色的小光点,融到老师的大能量光团里面了。还没有等我反应过来,就发现自己周围全是耀眼的白光,一眼望去(其实我根本找不到自己的眼睛在哪儿)能看到远远地有一个越来越大的白光点,耳边听到的全是"噼噼啪啪"的光爆声,我感觉自己在逆时针方向旋转飞射。但无论怎样快速飞射,都不能到达那个白色光点之处,反倒觉得光线越来越刺眼,我有些坚持不住了,大喊:"老师!咱们离终点太远了,我有些坚持不住了!咱们赶回去吧!"

老师笑着说:"这才到第五个时空层,你这个'灵胶子团'里的'暗灵子',反倒能量不支了?这说明你到第七时空层就已经损失了不少生命能量!"

我说:"我不管什么团不团的,快快回去吧!"紧张的情绪使我根本听不清老师在说什么。

老师原本是想直接将我带回"智灵总库"去体验一下那里的高维、高密、高度数的智慧生命能量场,没想到我一旦没有能量光团的保护,竟然连穿越第五时空层的"生命能量场"都困难!"智灵总库"那里到底是个什么样的"生命能量场"?我不敢想象!

在返回途中,我虽然是在"黑洞"中穿行,却感觉越来越舒服了。

老师带着我穿越在通往"第七度数空间层"的"黑色时空隧道"中。看着逐渐暗下来的"隧道",我用"思维意识信息波"发问:"老师,记得我们穿越第六和第五时空层时,在'白色时空隧道'内越飞越亮;而现在要返回去的还是橙光四射的第六时空层,为什么却越来越暗了呢?"

老师用思维意识信息波回答道:"回宇宙中心时,离'零空间'越近,'白隧道'内就越亮,而且,各层天是一层更比一层亮;反之,向外飞时,离'零空间'越远,无论是什么颜色的空间,在'隧道'内各层天的亮度,都会一层更比一层

第七章 智慧惊人的"黑洞之旅"

黯淡。"

我又问："老师，我们人类的天文学家都说任何物质，包括光在内，都逃脱不了'黑洞'的吸力。而我们就在'黑洞'里穿越，怎么没有感觉到撕扯的吸力呢？"

老师说："地球人类观测到并命名的那些'黑洞'，也就是'黑色时空隧道'，并不能称为'宇宙黑洞'或'宇宙白洞'，只能将其叫极小空间层面上的'漏斗质点'，因为它们不是'洞'，才会有撕扯与挤压的感觉！真正的'黑洞'是我们所穿行着的这个封闭空间，它是从内宇宙向外宇宙穿行的'隧道'。在这个'隧道'的两端，就是它所连接的两个时空层，洞里几乎是一个静止的场，我们这些具有'高智灵能量'的'智灵子'可以在此任意穿行。

我的意念思维望着洞外旋转的能量场和很多亮光子。老师与我的思维频率相同，所以明白我的疑问与迷惑，对我说：

"'漏斗质点'其实可以分为两种：一种是巨大星体急速塌缩到质点而成的'漏斗质点'；另一种则是星体剧烈旋转而形成的'漏斗质点'。无一例外，它们几乎都不可能形成真正的'宇宙黑洞'！除非其中有一个'漏斗质点'旋转拉长到接通了两个'度数空间层'，但这种由'漏斗质点'形成'宇宙黑洞'的概率几乎为零！"

"物维空间的能量场是旋转着的，因为在这个空间之外，物维空间被一个'暗物质空间'所包围，而且这些暗物质又无孔不入地深入到物维空间的整个生命能量场当中。暗物质空间又可以称为'溢散态空间'，它是一种高于真空的'虚空能量'，你们有时将此称为'真空能'，它具有一种不定态的'引力'作用于'物维空间'而产生'负压旋转'的特性。你看到的'洞'外景色，即是一种'负压旋转'的体现。你不用担心这种旋转力会将我们挤压成一个点,也无须害怕它们会将我们拉抻成一条线。因为在这个'宇宙黑洞'内,有一种强大的外斥'虚空能量','洞'的外边沿有一个双弹力作用的'暗智灵膜',是目前你们还无法知道的最为强韧的'智灵膜',一种无法突越的'高密度虚空能量膜'。同样,在太阳系和银河系的外边缘也有一个同样的'智灵膜',以你们现有的知识和能力,根本无法以物态形式突破它!"

我说:"老师,我可以去寻找您吗?能冲破这个智灵膜吗?"

老师告诉我不可以!因为我会在这个物维空间里迷路,就像我在地球上永远没有清晰的方向感一样。

跟着老师在"宇宙黑洞"里飞射,老师讲的内容我听不进去,只好贪婪地观看外面的景致,我发现:越靠近我们的物维空间,外面的光亮子就越稠密,它们已经不再是点点星光,而是快速划过的片片流星、朵朵流星云、汹涌澎湃的大面积流星河……

反观自己,虽然没有躯体,但不知为什么,"洞"外景色却历历在目,就好像乘坐在"时光列车"里,透过车窗向外观看那般清晰。

回到家中,看到自己正端坐在床上。我打开灯,将今天的"黑洞之旅"记录下来。

时钟指针指着第二天的清晨——07:15。

老师今天讲的内容我一点儿也听不懂,只知道在"宇宙黑洞"里面很安全。人类所发现的黑洞叫"漏斗质点"。

达蒙教授看到这里,迅速从资料库中调出了一段文字,这段文字出自《霍金的宇宙》一书。他对黑洞是这样描写的:"黑洞是这样一种物体,它有着极其巨大的能量肆无忌惮地吞噬着周围的一切。它深藏不见，却能毁灭恒星甚至整个星系。"

达蒙教授不禁对日记中的黑洞体验，产生了深深的敬畏！这是地球人类多少代人都无法企及的珍贵的科学资料！同时也会给每一个专家、学者的各类研究以有益的启迪！

2107年4月28日 23：45

今天又盼到老师过来传达宇宙信息，我不由得又想起那一次"黑洞之旅"。我问道："老师，是不是从黑洞内向内飞时，因为越来越亮，就称这个'洞'为'白洞'；而向外飞时，因为越飞越暗，就称为'黑洞'？"

老师用思维信息波答道："实际上，走的都是同一个'隧道'，只不过，有时是向内，有时是向外，方向不同罢了。我们不称之为'黑洞'或者'白洞'，而管它们叫'黑色时空隧道'或者是'白色时空隧道'。因为这个'通道'就是我们'智灵子'们来往于各个'度数空间'的捷径。"

我又发问了："老师，我们如果不在'隧道'中飞驰，而是在它的外面，看到的'隧道'会是什么样子呢？"

老师回答说："那我们所看到的，只能是一个旋转能量场了！如果你不是在它的'隧道'口，你是不会发现这个'隧道'的！"

话音刚落，他又急忙补充道："不过，当你没有足够的'智灵能量'穿越各个'度数空间'时，千万别靠近洞口！因为在每个'隧道'内（在智灵膜的外边），都有一股强大的无形的吸力，将你席卷到另一个时空层去；或者将你吸融。只有当你的能量足够高时，才可以进入膜内与之平衡而成为一个静止的场。在每条'隧道'里面，都充满了巨大的'虚空能量'，如果你们的'智灵'能量不足以对抗这种'虚空能量'时，就会被它'吸融'而再也无法分离出来！所以，智灵总库是不允许智灵子擅闯'时空隧道'的！"

今天老师说要带我到宇宙的第六角宇区的第四和第五"度数空间层"去旅行。

我说："为什么总是去'第六角宇区'的'度数空间层'呢？"

老师说："宇宙'智灵中心'仅仅给你们开辟出这一个角宇区，供你们这些'智灵子'体验宇宙各'度数空间层'的生命能量场。其他的'角宇区'不对你们开放，是禁区！仅仅是在这一个角宇区内，就已经很难迅速地将你们集中找回了，更何况将整个宇宙区域向你们全部开放呢！"

我说："我不去'第四度数空间层'，我承受不了那里的能量场。除非——您还将我放在有密码的大'能量光团'内。"

老师答应了我的要求，带着我来到"第四度数空间层"。

在这个碧光闪闪的"第四度数空间层"里，举目望去，到处都是碧绿清澈的颜色，很舒服！

老师告诉我，这里的生命能量场是一种"双核能量团"，场中充满了"灵胶子团"和"灵明子团"，他们是以一种"暗粒子"和"隐粒子"的形式存在。这里的"智灵中心"就是"D级双核能量团"。

在这个绿光闪烁的度数空间层里，我没有看到什么新奇的东西，想让老师带我去下一个"度数空间层"。

哎呀！这个空间层又变了颜色，成了金光闪闪的空间！亮度却没有上个空间层亮。但是空间好像比上一个空间还要大！我发现这些"度数空间层"的空间场域，一个比一个大！

老师告诉我，这里的能量场是个"正负核灵互转能量场"，在这个能量场中，充满了"双核能量态"生命能量，他们同样也是以一种"暗粒子"和"隐粒子"的形式存在。这里的"智灵中心"是"E级双核能量团"。

我渴望着老师带我去下一个度数空间层，因为它离我们最近。

第七章 智慧惊人的"黑洞之旅"

终于来到了第六度数空间层,我跃出了"密码能量团",在这里,我感觉很舒服。老师告诉我,这里的能量场是个"正负核灵共存能量场",在这个生命能量场中,充满了"双性灵暗物质能量态"能量,他们是以一种"灵能子团"和"灵介子团"的形式存在。这里的"智灵中心"是"F级双核暗能量团"。

今天老师带我到第四、五、六度数空间层,我感觉就是让我体验这三大度数空间层里的生命能量场,离开了记录文字,我却什么也没记住。

看到这里达蒙教授对日记的内容更加惊叹不已!他知道,记录员是一位学新闻的记者,如果不是真有"宇宙高能智灵信息总库"特使向她传达宇宙信息,以她所掌握的知识容量,无论如何也达不到这种超级水平!真奇怪!记录的信息太丰富了,为什么我们所掌握的高级搜索、记录的技术水平竟然还不如人的大脑?

2107年4月29日 23:00

今天老师又来了,也不让人休息一下!昨天的内容我感觉很枯燥,没了记录的兴趣。

老师告诉我,今天来这里,是要教我一些各时空的文字,让我学会辨认。

我自己并不喜爱外国文字,尤其是日文,里边大多数明明用的是中文,却还加了不少类似汉语拼音的字母!既然想用中国文字,就大大方方地用,何必加上一些自造的拼音呢?上大学的时候,我就不想学习这种文字,无奈还得要学分,毕业后恨不得把它忘得干干净净!这次又让我学外文,我满脑子都是无法发泄的怨言。

我告诉老师,我早就会这种文字,不用他再教我了。

老师不相信！后来我才知道老师其实是激将法！以后有多次都是用信息文字来记录的。

现在，我基本上用"宇宙高能智灵信息总库"和第六"度数空间层"的信息文字来记录一些宇宙信息内容。自己也感觉很奇妙！让我感到遗憾的是我自己不能将其翻译出来，还要等待另外的老师来给我传达所记录的宇宙信息文字的译文。

达蒙看到这里，不禁感慨，地球上就有上千种文字，宇宙如此浩淼，有数不清的星球，就有数不清的星球文字。

|第八章|
第四、五度数空间的生命能量场

2107年5月8日 23：20

今天老师过来给我传达宇宙各个"度数空间层"的"智灵生命能量场"的级别、所控"维数空间"的维数与密度，这些都是很复杂的一些数字！

还告诉我，这是从来也没有向外宇宙泄露过的内容，非常重要！让我好好记录，不要自创词汇！一个字都不许记错！（他们知道我的数学不好，连钱都数不清楚，最怕买东西，更怕让我现款结账找零钱。）

老师告诉我以下重要内容：

宇宙间的"生存法则"，是以"智灵子的生命能量场"级别的高低为标准的，无论哪一个度数空间层的"智灵子"，只有他的生命能量场的级别达到或者高于那个度数空间的"能量场级"，他才可以在那里生存；否则，就会被那里的高能量高密度生命能量场所伤害。如果他的生命能量能够逐渐升高，达到上一个维度或者上一个场级，那么，他就会跃升到相应级别的生命能量场中去生存。

每一级生命能量场都含有四个维数密度的空间能量场，这是大宇宙的平衡规律决定的。

由此可见，我们生活的这个大宇宙，且不说那些看不见的暗宇宙层，就是我们这个"物维空间层"生命能量场的级别，我们就很难弄明白了，更何况还有那些看不见的维数空间的密度能量场呢？信息量太大了，我真得好好想想！

第八章 第四、五度数空间的生命能量场

…………

达蒙·卡莱尔看得正起劲，内容却突然消失，被无数省略号代替了！他感到这一篇日记内容有些奇怪，明明说会记录数字，却没有看到任何数字。另外，度数空间层、能量级别、物维空间层、暗宇宙层……都没有说明白！还有字里行间都是欲言又止，这是为什么？

正思量着，书面却渐渐地浮出一段文字：

"这段内容属于宇宙核心机密，特使老师感觉不适合普通地球人类阅读，所以，在记录之后又被日记作者删除。"

达蒙博士惊异地盯着书页上面一个接一个浮现出来的文字，愣愣地想："咦？这些字，怎么就像有人坐在这里，拿着笔，一个一个慢慢地写出来的一样？难道有个我看不见的智灵人在这里？"

还没等达蒙教授想清楚这个问题，就感觉突然有一种听觉系统可以接收到的思维信息波，在空旷的天穹中不断地震动着。

"我，就在你们身边！你们人类的所有震动频率的信息波，我都可以捕捉得到！我，无处不在！"

"太不可思议了！难道这就是那个无处不在的二十一世纪人类的'思维因子'？"

达蒙瞪大了惊异的眼睛，四处搜寻着。

声音渐渐远去……

达蒙·卡莱尔激动的心情却难以抑制："难怪宇宙特使不让记录员自己创造词汇，这篇记录里面的专用名词太繁杂了！真的难为

那位不懂科学的记录员了!"

他不禁对那位辛勤的记录员产生深深的敬意!这些天与日记相伴的景象,在他的脑海中留下了深深的印象。

一颗蓝色的星球,在宇宙的一隅,静静旋转。

此时此刻,地球"宇宙职能中心"的顶尖宇宙信息破译专家达蒙·卡莱尔,正在兴奋地读着《天幕》。曾经来访的飞碟特使在瞬间为他转化成的母语文字,让他读起来更加流畅!这本日记带给他无尽的惊喜,因为它揭示出诸多的宇宙秘密。他感觉那一行行流动的文字不时地在和自己的思维波共振。

2107年6月15日

今天我很希望老师给我讲一些"智灵子"繁衍的内容,我不知道他们是否也有后代?他们的后代难道都像"智灵总库"那样,自己从高能量团中分离出小"智灵子"来吗?

特使老师到来,听到我的意愿之后有些犹豫地说:"本来,我每次到这里给你传达宇宙信息是总库的决定,这次由你来决定我给你讲什么内容,那我……"

我说:"您请示请示吧!"

也就仅仅过了一两分钟的时间,老师就回答我说:"开始吧!"

我奇怪,这么快?

老师告诉我说:"我们和智灵中心的联系,是以一种暗信息能量高频波的形式来沟通的。"

"比光速快多了?"

"当然!"

下面就是老师给我讲的内容:

第八章　第四、五度数空间的生命能量场

在遥远的第五度数空间层里，有两个最大的智灵能量团："灵微子团"和"灵智子团"，无意当中产生了碰撞。刹那间，雷霆电闪之中，迸发出一对耀眼的火球！一对一模一样的"智灵粒子"诞生了！他们分别是"暗粒子"三号和"暗粒子"四号。可以算作是智灵能量团中的一对双胞胎"智灵粒子"了。

从第五度数空间层开始，所有上层空间降落的"智灵子"为了适应这个空间的生命能量场，都开始裂变成一种"智灵粒子"，散布在这个新生命能量场的虚空当中。

就这样，在第五度数空间层以后的各个度数空间里，都会有很多来自上一层空间中的"智灵子"因为相互间的碰撞，而产生出下一维度空间的"智灵粒子"，同时，他们的"生命能量场"级别也在不断地递减着。

这是不是有点儿像我们现在的大型量子对撞机的对撞啊？撞出的粒子怎么有点儿越撞越小了呢？

我看着那么多的新生代"智灵粒子"，将来该如何区分呢？

老师说："在每个生命能量场中，大家都不会混淆各自裂爆出的'智灵粒子'的，因为每一个'智灵粒子'都有各自的诞生密码和'生命能量场'的颜色与级别。"

在外宇宙中的各种生命能量场中，就是因为那个四号"智灵粒子"的参与，才演绎出不少惊心动魄的故事，使以后的内容也更加丰富多彩了。

下边将是第五度数空间层"智灵中心"里发生的故事。

"智灵中心"的决策者们，决定要带着新生的"智灵粒子"去第六度数空间层生存、发展、创业。但是让谁去呢？大家感觉"智灵粒子"的数目太少，决定再撞击一些新的"智灵粒子"出来。他

们发现本体携带有宇宙阴性"暗物质"能量的较多；而本体携带有宇宙阳性"暗物质"能量的较少。他们不知道该如何帮助即将落到第六度数空间层的生命"智灵粒子"。

老师告诉我说：

每一个时空层的生命"智灵子"，都可以飞越到下一个时空层中去，但下一个时空层里的生命"智灵子"是不能飞升到上一个时空层中去的，因为一部分生命能量在撞击裂爆时损失掉了，上层空间的生命能量场他们已经不能适应了。尤其是那些已经裂变成为新的"粒子"形态的"智灵粒子"和"智能粒子"之后的，就更没有足够的生命能量去适应那里的能量场了。

当时他们是怎样制造新"智灵粒子"的呢？

智灵中心决策者们将本空间层的阴、阳能量团相撞击，一些能量属性不同的暗物质相撞，所撞击出来的"超物质信息智灵体"光粒子，有的带有阴性宇宙能量，有的则带有阳性宇宙能量。（这些光粒子新"智灵粒子"，就是我们所说的'超物质信息智灵子'的后代），他们将飞落到适应自己"智灵粒子体"生存的第六度数空间层去生存、发展、创业。

但是，创造"新智灵粒子"后代是要消耗自己生命能量的，而且，每一个"智灵子"的两端所具有的宇宙能量是不同的。上端，具有阴性宇宙能量；下端，则具有阳性宇宙能量。两个上端相击，产生的是"阴性超物质信息智灵体"光粒子能量后代；两个下端相击，产生的是"阳性超物质信息智灵体"光粒子能量后代；而上下端相击，则产生的是中性"超物质信息智灵体"光粒子能量后代。当时曾有一个"智灵子"警告大家，千万不要用自己的上端，去撞击对方的下端；或者用自己的下端，去击对方的上端。为的就是避免产生"中性光粒子能量智灵体"，这样将来他们寻找的生命载体也必须是中性的，会给他们造成无法挽回的终生痛苦。

制造下一代"智灵粒子"开始了。

刹那间,只见火光四射,一个又一个橙色的火球,喷着黑色的云雾,展现在我的眼前。

这一批橙色的新生"智灵粒子"将飘降到下一个度数空间层,其核母决策人是名为"埃尔紫丽娃"的一个智灵子体,他建立了一个新的"智灵中心",并各司其职地进行了分工:有负责能量管理的,有负责能量区域分配的,有负责测试"智灵粒子"能量级别的,有负责寻找生物载体的,有负责平衡环境能量场的,也有负责安排"智灵粒子"各世载体的,还有负责科学技术信息传达的……这是一个分工合作很细致的高智慧能量团。

没想到高能"智灵子"们的繁衍过程,真简单、真单纯!只是没有具体形象,不好分辨谁是谁。

看完这篇日记,达蒙·卡莱尔想:"在我们地球人类中,好像也有隐性人存在,他们会不会就是那些因为没分清上下两端相撞击而产生的'智灵粒子'们的生物载体呢?"

他又翻开了下一篇日记。

2107年6月25日

今天我要求老师带着我到第五度数空间层,去亲自观看"智灵中心"的"智灵子"们是如何降落到第六度数空间层的。那些地球人类的智灵先祖们,正在准备着飞降下一个度数空间层去生存、创业。

我看到是宇宙第五度数空间层的一些早期智灵子出生时的情景片段:

智灵中心的首任"核母决策人"——埃尔紫丽娃,考虑到要带领着新创造出来的众"智灵粒子"一起穿越"黑色时空隧道"还需要积蓄大量的高宇宙能量,所以,她缓缓地飘到了正对着第四度数空间"智灵中心"的位置,仰面朝上,将自己置于翠绿色的中心点的光辉之下。

其他新生的"智灵粒子"们观察着埃尔紫丽娃,知道她是在汲取来自上一个度数空间层的宇宙生命能量,静静地,没有一点儿思维波的震动干扰。

突然,一道碧绿色的闪电,像利剑一般,从那个中心点直射入埃尔紫丽娃能量团的中心。

霎时间,绿色的光芒,便传遍了她的整个智灵子能量光团。

埃尔紫丽娃将汲入体内的绿色的宇宙能量迅速地聚集起来,转瞬间,又将它们从内部喷射出来。那场景简直就是一个星球大爆炸!

只见一个光球爆出,带着黑色光雾,向着翠绿色的中心点飞去。

就在那个光球就要碰着绿光点的刹那间,"叭!"的一声炸响,两个美丽的小"智灵粒子",分别是紫黑色光团和黑紫色光团,她们聚集成黑凤的光影,破球而出。她们纷纷由黑色气团簇托着,缓缓地飘落到埃尔紫丽娃的面前。

"我们是五度数空间智灵中心核母决策人——埃尔紫丽娃的两个小智灵后代:迈蒂·雅梅莉安和雅梅莉安·迈蒂,谢谢灵母给了我们生命能量和相同的'生命密码'!"

埃尔紫丽娃端详着她们说:

"以后我就叫你们'小迈蒂'和'小雅莉'吧!"

埃尔紫丽娃的话音刚落,大家就感觉到"宇宙高能智灵信息总库"的"生命密码资料室"执掌官,通过"高频宇宙信息波"传来信息的震动:

"孩子们,祝贺你们用自己的智慧,创造出两个代号为'雅梅莉安·迈蒂'和'迈蒂·雅梅莉安'的新后代。你们要好好培养'雅梅莉安·迈蒂'。将来,她在第七时空层可以穿越亦实亦虚两种生命能量场,她在第七时空层未来的显化形象,便会成为警戒星球人类的始祖,而人类对她的称谓亦会多种多样。等她开始执行任务时,她的同胞智灵粒子——迈蒂·雅梅莉安,将被调到'智灵总库'的'信息档案室'听候派遣,协助她的工作!"

这时,信息员的"脑海"中却呈现出另一景象:

她"看"到在小迈蒂出生之前,就已经拥有了一批哥哥和姐姐了,那时的智灵们也正在效仿第四时空层的长辈们准备轰击新智灵子,来繁荣本层天。

……………

等到小迈蒂成年那天,期待已久的众智灵粒子纷纷围上前去,问道:

"雅梅莉安·迈蒂,你既然是原任指挥官埃尔紫丽娃分爆出来的后代智灵粒子,现在,是否能够代替她,率领我们下降到第六度数空间去?"

雅梅莉安·迈蒂回答:

"当然,我之所以出生,就是为了等到今天,带着你们去下个空间层开发。"

众"智灵粒子"在交谈中得知,"雅梅莉安·迈蒂"便是警戒星球上的智能生命人类载体的最初形象时,便纷纷围上前来,要求她变化成未来人类生物载体的形象,让大家先睹为快。

雅梅莉安·迈蒂拖着九道紫黑色的光波幻影凤尾,泛着一团团的黑色光雾,用一种特殊频率的思维信息波传给大家:

"因为我们第五和第六空间层,都是充满暗能量的无形的度数空间层,我们虽然能随心所欲地变化成光波影像,但我们的本质,却都是高宇宙能量的'超物质信息智灵'光子团。在这里我们只能算是一个'智灵人'！只有到了第七度数空间，还必须是那里的一级生命能量场三、四维空间，才能寻找到生命智灵粒子的生物载体，而且，那时已经不再是智灵粒子，而是一种新的智能粒子或者是一种'智能人'的形态了。"

雅梅莉安·迈蒂说完，见大家有些扫兴，又于心不忍：

"这样吧，我只能先聚成一个光影，让你们先看一看，好吗？"

众智灵光子团听到这里，又兴奋起来，静静地等待着雅梅莉安·迈蒂的光影变化。

这时，雅梅莉安·迈蒂开始将整个光团聚拢起来，渐渐地聚成一个光亮的人影的形状。接着，她又将自己的影像，用共享频率思维信息波，打入众智灵粒子的思维信息波中去。

再说那些观看雅梅莉安·迈蒂智灵变化的众智灵粒子，发现他们的思维信息波缓缓地震动起来，渐渐地突现出了智能生命生物载体——"人"的形象。

他们纷纷用同频思维波"交流"：

"哎呀！原来我们将来的生物载体就是这个样子呀！"

"快看！雅梅莉安·迈蒂形态发生变化了！"

"快瞧哇！那个高能量光团在慢慢凝聚！"

高能量光团开始渐化为人的双臂、双手、长蛇尾……与此同时，还有人类的各种服饰在变化……

这时，又有一个小智灵粒子叫了起来：

"哎哟！迈蒂姐姐怎么还有一个长长的尾巴？"

这时，雅梅莉安·迈蒂努力地变化那个长蛇尾，却发现做不到！她巡视着自己那个时期的时空点，果然有长长的尾巴！是那时的生命能量场和自己的能量所决定的。于是，按照妹妹传递的信息，她耐心地为大家解释着……

"哎呀！真没想到，人类生物载体的形象，竟然如此美丽！人类生物载体的服饰，又是那样的漂亮！"

新生的"智灵粒子"们看得灵心痒痒的，不禁有些跃跃欲试，盼望着自己也能到那个有生命载体的物维世界中去。

我饶有兴趣地继续观看着众天灵祖辈们的变化游戏。

雅梅莉安·迈蒂凝聚为智灵人形后又慢慢变化，逐渐恢复成自己本来的光团影像……

一直在旁边静观雅梅莉安·迈蒂变化的本天"核母总指挥"埃尔紫丽娃，不知碰到了哪个"智灵子团"，突然迸发出一道黑色光芒，继而变成一个黑亮的大火球，火球崩裂开来，一个玄色的"智灵粒子"呈现出火球的光影，一闪一闪放射出刺目的光芒。伴随着突然出现的黑色火球，"宇宙高能智灵信息总库"传来了信息：

"黑色的火球，我们给他的生命代码为'罗蒂波度'智灵粒子，并任命其为第六度数空间智灵中心的'核母决策总指挥'，有F九级生命能量，也跟随雅梅莉安·迈蒂到下个度数空间里去任职吧！"

埃尔紫丽娃此时也回过神来，招呼着众多的新生命"智灵粒子"：

"好啦，孩子们，站好队，大家该出发去第六度数空间层了。"

埃尔紫丽娃朝着雅梅莉安·迈蒂他们挥了挥手，示意大家可以出发了。

然而，这时的信息记录员并没有回过神来，她的思维意识还滞留在那个新出现的黑亮的火球上面，也就是总库新任命的第六度数空间的总指挥——罗蒂波度的身上。画面飞快闪现：她发现罗蒂波度并不是一条龙的形象，而是一条凶猛的大黑鳄鱼，当时留在第五层空间任守护黑洞口的将军，后来又出现在资料中心，接着才出现了总库的任命画面……此时她才将飞驰的意识思维收回。

于是，雅梅莉安·迈蒂站在最前面，后边紧跟着众"智灵粒子"，一起来到了通往第六度数空间的黑色时空隧道（黑洞），雅梅莉安·迈蒂将洞门打开，伴随着宇宙间发出的"嗡——"的高频音响，她首先跃入隧道内。

众智灵粒子大光团，也毫不犹豫地紧跟着雅梅莉安·迈蒂，跃入了通往六度数空间层的"黑色时空隧道"洞口中。

在通往下一层空间的"黑色隧道"内，他们的耳边，只接收到洞内圆形洞壁撞击反震出"啊——"的巨大的回响声波。那按顺时针方向旋转着的巨大的吸力，径直地将他们吸到了第六度数空间层。

我跟随老师回到家中，已经是凌晨六点多钟了。

虽然那些"智灵粒子"都差不多的样子，我也分不清谁是谁，但是我却记住了"雅梅莉安·迈蒂"智灵粒子，她变化出了地球人类这个生命载体的最初模样。她与黑色火球"罗蒂波度"的诞生，又何尝不是高能生命能量团的一次次"核爆炸"呢！

仰望星空，那些宇宙空间照片，不是也有各种形状的星云嘛！遥想浩渺的宇宙空间，应该有无数的令人神往的故事在上演着……

达蒙·卡莱尔看到这里，不由得"啧啧"地赞叹道："原来，在遥远的时空之中，在宇宙第四次形成之时，就已经有了人类这个载体的影像了呀！"

在第六空间层，各个智灵光团都释放出自己的能量，在低于自己能量级别的生命能量场中，将各种能量光粒子转化为适应此能量场的隐性或显性物质。

|第九章|
第六度数空间

2107年7月8日

老师今天又带着我继续观看十几天前看到的先祖"智灵粒子"穿越第六度数空间层的过程。

我跟随着他们边飞边聊天,老师给我介绍说:

"以后你将会看到那些高能智灵粒子,是如何用自己的高生命能量来演化你们人类生物载体的光影和各种虚幻美景的。"

我说:"为什么是演化呢?"

老师说:"在这个度数空间生命能量场里,物质是不能存在的。"

我说:"我知道了,因为我来到这里,也没有了物质载体。那为什么这里就适合光影存在呢?"

老师说:"他们释放自己的能量,将这个生命场中的能量光粒子按照不同的形状聚成形,但还不能够聚成纯物质的,因为所有物质的东西都会受到这个场能的限制,在这个能量场中都会被转化为光子能。就是因为你们在一个物质空间层生存,我们才会把物质与能量互换的计算方法,传给了银河悬臂第三二层圈的'蓝比斯'星球。那里的'生命智灵体'生活在四维和五维空间,早已经熟练地运用这种功能了。而且,他们也早已将这种计算方法传给你们警戒星球上一名人类科学家了。"

我问老师:"那个蓝色什么的星球在哪儿呀?您能不能带我去参观旅游一下呀?"

老师说:"我不是传达那个星球信息的特使,那个星球在你们的那个时空层,所以也不会将你带到那里去。"我听到这里,便不再和老师纠缠这个问题。

我又问老师:"老师,我感觉到那些智灵粒子好像也有我们人类的喜怒哀乐,他们的这些情感跟我们的一样吗?"

老师说:"你提出的问题总是有一股孩子气!对什么事都那么好奇!"

我说:"老师,您传来的信息,我分辨不出是批评我,还是夸奖我。"

"好学的人才会有各种问题,我来给你解答这个问题吧!"老师告诉我:

他们这些没有生物载体的智灵粒子,之所以叫"智灵粒子",就是因为他们是一个单纯的"智灵思维因子",是一个有很高能量的"思维因子",他们可以在低于自己能量级别的生命能量场中生存,根据其不同的特性,将各种能量转化为适应此能量场的隐性或显性物质。他们只是能够思维,却没有人类的"五触"之感。

但是,有生物载体的人类就不同了,因为人类的"生命载体"是一个很特殊的物质生物体,人类不但有进入体内维持生命体征的"智灵粒子",对了!我们把他叫作"巨能密度胶子",还有一个可以"出入"载体,并能够与宇宙信息沟通的"丸态思维因子",这个"思维因子"还控制着人类生物载体内庞大的"神经系统"。"巨能密度胶子"是智灵信息中心里具有单独生命密码的"高密度信息能量因子";而"丸态思维能量因子"则是人类生物载体构成的必要物质条件,他主导着主系肌朊线粒体的裂解过程:生成生物载体的中枢神经系统和 DNA 系统。这个"神经系统"的感触,与"思维能量因子"的思维情感,是有很大区别的。

老师说了半天,我还是没有弄清楚区别在哪里,只是觉得正面情感多的时候是"思维能量因子"的感觉,负面情感多的时候是我们这个生物载体的感受。还有,觉得自己无所不能的时候是"思维能量因子"的感觉;觉得自己有很多求而不得时,是有载体的感觉。

我又想出一个问题来问老师:"老师,我感到奇怪,智灵总库说过,雅梅莉安·迈蒂能穿越实虚两界,那她该如何变化呢?"

老师说:"灵儿,你问的这个问题,非我所辖!它是由智灵总库中负责'虚实两界形态转换'特使所管辖的!你如果很想知道答案,我只能告诉你如下内容,雅梅莉安·迈蒂将自己变化成一种单奇子形式,这种单奇子本身就具有亦实亦虚两态性……"

"好了好了,我听不懂,反正知道雅梅莉安·迈蒂不但能让我们看到实影,也能够变没有了。"我一听不懂就不爱听了,急忙打断老师的话。老师没有怪罪我,继续带着我飞降。

我和特使老师刚刚飘降到第六度数空间,就看到上方有一束白光射过来,原来是智灵总库发射的高能粒子光束!

我仰望着宇宙中心,我的"丸态思维因子"虽然不能亲临内宇宙,却可以看到那里的一切智灵体。我感觉到"宇宙高能智灵信息总库"决策人的思维波正默默地注视着这里新生的智灵粒子们,跟随着雅梅莉安·迈蒂、罗蒂波度一起穿越到了第六度数空间层。

突然,我发觉自己的思维信息波与总库决策人的思维信息波产生了共振,并紧紧地追随着智灵总库决策人的思维轨迹流动:原来他在众多的灵影当中,发现了天宇区高宇能的灵胶子团零号暗粒子的隐形光团。总库决策人循着他未来的时间轨迹,进一步仔细观察时,不禁暗暗感叹:

"唉!她这也是为了将来与人类命运之间的一次约定!她此次去是为了执行一项特殊的任务,将来会同雅梅莉安·迈蒂一起,共同守护流落到第七度数空间层的后代子孙们呀!"

但是,当智灵总库决策总指挥将自己的"思维信息波"移向

第九章　第六度数空间

了她未来轨迹的那个时空点上，更加仔细地观看时，却发现：她在第六度数空间层里，竟然变化成一个体积很小的"高密度智灵因子"了！

"智灵总库"总指挥官想了想，与总库律法总指挥商量过后，为了使她能够排除外界干扰，不被众智灵粒子识破她诞生的原始智灵体，便用自己强大的"宇心白光"，将她不断闪耀着特殊频率的钻紫色光谱完整地屏蔽起来，为的是让她不受干扰地展示自己的时空轨迹。在宇宙空间要想识别一个高密度、高能量的智灵子，唯一辨别的标准就是观察他们特有的能量震动频率的光谱。

我和老师继续观看着……

众智灵粒子在"黑色时空隧道"内，感受到"吽吽"的高频振动所伴随的巨响！他们终于穿越到了"第六度数空间层"。

大家纵目一看，这里到处都是闪烁着奇光异彩的"云朵光团"。新生的智灵粒子们都轻轻地飘落到大片大片的橙色能量光团上面，感觉清凉凉、湿润润、软绵绵的。

新生的超物质生命的"智灵粒子"，好奇地欣赏着神奇、美妙的第六度数空间层。他们决心将这里开发成一个适于自己生存的美丽家园。

"众兄弟姐妹们，我们在第六角宇区第六个时空层，先将我们居住的处所逐一变化出来，再按每个智灵粒子的职责分别入住。之后，再按大家的意愿和要求，去分别开发、变化吧。"

第六度数空间层智灵中心的总指挥官——罗蒂波度环视了一下本层的环境，又瞧了瞧雅梅莉安·迈蒂，不断地对雅梅莉安·迈蒂发去"定向思维信息"波。老师将他的思维波频调到我的思维频率，我也就能够理解其中的意思了。

原来，智灵粒子之间是可以用信息能量来定向发出自己的思维频率！这有些像现在的手机，用特殊的数字信号波段，就可连接通话。

我正愣愣地观看着众智灵粒子，不料雅梅莉安·迈蒂的思维波朝着我定向发了过来：

"现在，罗蒂波度，想请你走出信息屏障。"

"这……"我有些犹豫不决，求救于特使老师。

"不用担心！"老师安慰我道，"在这个时空层中，你也已经是光粒子体了，不会受到什么伤害的。"

还不等老师的信息波消失，只见一道紫黑色的光波，向我的"意识光团——丸态思维因子"扫了过去。

"快来看呀！"

跟随雅梅莉安·迈蒂的众"智灵粒子"，突然惊奇地叫了起来："这个像人形一样的智灵体，是从哪儿冒出来的呀？"

原来，雅梅莉安·迈蒂不等我自己走出来，就将我的"信息屏障"驱散了。无奈，我的人之形态立即暴露无遗！

这时，我看到罗蒂波度高兴地喊道："她这个灵体形状，是否就是警戒星球现在的人类生物载体形状？我们能否按照他们那样去称谓？也学着变化那些人类生物载体的身体光影好不好？"

"人类生物载体的光影？"

雅梅莉安·迈蒂自言自语地重复了一遍罗蒂波度的话。

"对呀，我看到他们人类生物载体的形状，感到很有趣。先不管我们将来是否要去第七度数空间层，今天又没什么事情，还不如先在这里演幻一下。"

罗蒂波度急忙用心波信息频率解释给雅梅莉安·迈蒂听："我想先在这里，将第七度数空间层里的人类生物载体形状变化出来，到时也好按这个样子去寻找载体呀！"

雅梅莉安·迈蒂稍加思考，就点头同意了："这样也好，我们就先开发好这里的环境。因为是超物质的，所以，开发起来很容易，没有障碍，只是穷其想象，尽可能地去变化。这里开发好之后，如果将来真的有机会去第七度数空间层，就以第六度数空间层为样子去建造，也就省事多了。"

第六度数空间层又沸腾起来了。

我觉得这些新生的"智灵粒子"忘记了如果有了人类生物载体生命能量就会下降，也就不可能在这个度数空间的生命能量场里生存了。将来返回"智灵总库"时，是要经受"智灵粒子"和生物载体分离之苦的！

还有，我也说不清楚"丸态思维因子的思维之感觉"与我们人类的"神经系统的思维之感觉"区别到底在何处，只是体验到它们很奇妙，是两种说不出来的很特别的感觉！

达蒙·卡莱尔久久地望着那幅图画仔细端详，总觉得自己也隐隐约约地感受到日记里所描述的场景，尤其是那闪烁着奇光异彩的云朵般漂浮着的能量光团，好像看到新生的智灵粒子们都轻轻地飘落到大片大片的橙色能量光团上面，自己好像也有了在那些云朵上面清凉凉、湿润润、软绵绵的触感！

他百思不得其解的是那几幅画是怎么画出来的？需要构思吗？从何处下笔呢？如此丰富瑰丽的色彩都是如何调配出来的？不可思议呀！

达蒙博士深吸了一口气，翻开下一篇日记。

2107年7月15日 23：05

过了一个星期，我休息好了，老师按时来到我身边，将我的"色粒胶子——丸态思维因子"带出体外，飞往遥远的第六度数空间层。在这里，我见证了一片欣欣向荣的繁华之境。下面是我返回家中后，用自己的语言来描述的……

雅梅莉安·迈蒂率领着一群新生的"智灵粒子"，来到了第六角宇区的第六度数空间层。

大家都被这里橙色的光团所迷，纷纷踏上了朵朵光团，细细地端详这与以上几层时空截然不同的景色：新奇的感觉，触动了他们种种美妙的幻想，而这些幻想又促使他们付诸演化的实践。

众智灵粒子来到第六度数空间层的正中央，为第六度数空间层的"智灵中心"聚化出一座漂亮的圆形高大建筑光影。这座高大建筑，凭空而起，高有万丈，下有朵朵高能量的彩雾托绕。它位于第六度数空间层的最高能量场中央。在新幻造的高大建筑的屋顶上，有一个类似水晶的金色大能量球——金色"智灵珠"。它直指向上一个时空层。

新的高大建筑有三十六扇门，环着新建筑分别朝着三十六个方向开启。整座建筑的外面被一个橙色大光团笼罩着。

第六度数空间层的决策总指挥——罗蒂波度，飘上了高大建筑的最高层凭窗瞭望，其他智灵粒子紧随其后。他高兴地招呼大家来到这里，向各个方向俯视。谁也没有想到：在这里，竟然能够看到"第七度数空间层"，只见那里有片片红光在闪烁。

众智灵粒子对此"智灵中心"的圆形建筑很满意，只是感觉视野太辽阔了，好像还缺少点儿什么。

在这里，没有那些亮极了的彩色强光，众智灵粒子纷纷按照我们地球人类生物载体的样子，随意聚成云雾般的未来"人形光影"。雅梅莉安·迈蒂提议，在本层空间，大家还是化成人类生物载体的云影形状为好。

说完，雅梅莉安·迈蒂已经变化成为云影样子：金色的发卷披在肩上，一双迷人的碧眼左顾右盼，透着无限柔情与威严。笔直的鼻梁高高耸起,粉白的瓜子脸越发娇媚。她的额头正中镶嵌着一颗大大的月亮宝石,闪着幽幽的淡蓝色月光。

雅梅莉安·迈蒂身穿着一件紫玄色薄纱大斗篷,在身后轻轻飘逸。

新生的智灵粒子们一见雅梅莉安·迈蒂人形的云影影像,纷纷称"妙",便也都学着她的样子,按照个人的喜好变化起来。

罗蒂波度看到雅梅莉安·迈蒂是那么的美艳绝伦,心生爱意,决定将自己黑鳄鱼的外形变化成天地间最最俊美的人类云影。可他无论如何也变不出自己满意的形象,因为他不知道每一个变化出来的形象,都跟自己的生命能量有关,能量越高,变化出来的形象就更加随心所欲。自己仅仅九级的生命能量,是无论如何也变不出十二级能量的形象来的。只见他将自己变化成一个自己颇为满意的俊美的东欧美男子的模样:一对刚中带柔的秀眉,一双冷峻刚毅的碧眼,满头金发不烫自卷,身形伟岸而挺拔,手托一颗飞速旋转的幻彩球。

此时他所变化的这一人类生物载体形象,便成为他的原始智灵粒子所独有的一个形象了。他闪动着秀目,飘飘地看着雅梅莉安·迈蒂,希望得到她的赞赏。

从此以后,在这个第六层天里再也没有哪个智灵粒子的外形能够超过他的美形了。这引得一边观看的智灵粒子们不由齐声夸赞!

我看到这里,也不由啧啧喝彩:"一条黑鳄鱼形态的智灵子,竟然能够将自己幻化成一个还算漂亮的美男子!可见幻术之下的形象不能当真,更不能受其迷惑啊!"当我看到他手中转动的幻彩球时,不由得大声对老师说,"老师快看!他手中拿着的,不就是我们生活着的地球嘛!"

我怎么也想不明白，那么大的地球，他怎么就能拿在手里边玩呢！

老师边观察边点头称是，他告诉我，罗蒂波度能够将你们的地球拿在手里转，说明地球将来的部分掌控权会落入他的手里。

我不情愿让自己的家园被别人控制，想大声喊叫，却没能喊出声音来，原来这里没有听觉系统，只有信息音波的震动，大家只有调整自己的信息频率来感知对方的思维信息内容。在这里，我没有任何作为！更改写不了宇宙发展的进化史！我能够做的只有观察。

霎时间，第六度数空间层中，彩云飘飘，幻彩奕奕。他们还像我们人类那样互相称兄道弟、喊姐唤妹。雅梅莉安·迈蒂看到大家虽然变化各异，但称谓却是非兄即弟、非姐即妹，于是，告诉大家说：

"今后，我们司专职的，应该加上所司职务的称谓，或叫名字。因为在第七度数空间层中，那里的未来人类的载体多不胜数，人人都有名字，各司其职。他们还定下很多规矩，以束缚其言行，收敛其心性。在我们第六度数空间层，各智灵粒子也要按其所司之职，进行细致的分工。另外，还要制定一些规矩，以律众智灵粒子之灵性。"

雅梅莉安·迈蒂的话得到了众智灵粒子的响应，他们先从这个度数空间层罗蒂波度所司之职定起。

第六度数空间层的"决策者"也就是总指挥官，因其位于第六度数空间层的"智灵中心"，所以，其职为"中央总指挥官"，统领着辽阔的第六时空层。

第九章 第六度数空间

看着智灵粒子们随心所欲地变化,我很兴奋,在老师的鼓励下,也参与了他们的创造、变化与命名活动。没想到,没有了人类那个物质载体,我也有了只有在神话小说中才有的神仙一样的变化本领!

此时的罗蒂波度,已不再是上层空间里一个虚虚的黑色光团了。他既不是在上层天守"天门"的侍卫长,也不是那层天的图书馆馆长,而是智灵中心的总指挥官的身份。

众智灵粒子也都有了自己的新身份,他们聚集在"智灵中心"里,分别命名了监管本度数空间层里的各种职务:有监管新技术开发的,有负责环境保护的,有负责万物生灵的,也有负责星球运行轨迹的,有负责风雨雷电冰雪的,还有负责接待各种智灵人造访的……

我们正在讨论着新的职位时,突然一声巨响,不知是哪位智灵粒子又幻化出一座雄伟圆形建筑,将它倒过来贴在了智灵中心建筑之下,建筑的顶端也悬空旋转着一颗通红的大能量球——红色"智灵珠",直指向了第七度数空间层。

我们飘飞到高空向下望去:两座对接而成、浑然一体的圆形建筑,就像一个大大的圆形方孔钱币!接着又飞到遥远的侧面端详:两座共用一个大底盘的建筑,则又成了一个不折不扣的大"飞碟"。

这一个形状特殊的高大建筑物,就像一座巨大的太空"空间站"!它的凭空出现,勾起我的无限遐想……

聚在一起的众智灵粒子光影,见到两座奇怪的合在一起的高大建筑物,不由得齐声叫好!他们时而头朝上飞进智灵中心,时而又俯冲向下飞进倒置的建筑物中,这情景,让我不由想起了壁画上起舞的"飞天"女神。看着他们欢快的样子，好像并没有头朝上还是头朝下的不适，我眼前又浮现出我们空间站上漂浮的宇航员……

我看到那么多的智灵粒子都有了新的职位，发愁如何区分他们的级别高低，不知他们是否也有部、司、局、处、科的等级制度。

老师告诉我：在各个时空层里，一个巨能智灵子的辈分和生命能量级别，是以他的生命能量光圈与能量场的大小和颜色波段来区分的，而且，其身份也要以他出生时所在的时空层的密码来确定。一丝也不会差！

从此以后，第六时空层的秩序已定。众智灵粒子皆在第六度数空间层，各司其职，忠于职守。

今天跟随老师回到家里，心神恍惚，感觉自己处于一个科幻世界当中！好像是在观看一部科幻电视剧，也分不清所见是真是假还是幻，他们是否就是一群人们常说的外星球上的智灵人呢？

达蒙教授被记录员所披露的诸多宇宙秘密震撼了！他此时在一种奇特的氛围中，就像被一种强大的信息能量场所吞噬，静静地观看着一页又一页的日记记录……

|第十章|
第六度数空间的智灵人

2107年7月23日 22：30

"噼啪"一声，蓝光一闪，老师又来到我的面前。我奇怪今天老师为何比往常提前了半个小时。

老师回答说："今天带你去一个非常美丽的地方，花费时间比较长。"

我问："什么地方要花费很长时间？"

老师回答："今天我要带你去观看第六度数空间层的'智灵人'们在游戏空间时，是如何设计与建造出诸多美景的！"

"智灵人？"我不解。

老师答："在这个空间里，那些智灵粒子已经聚化为人体形态的光影，所以，可以将他们改称为'智灵人'了。到了你们的时空层，就是名副其实的宇宙'智能人'了。"

我说："一字之差，就差着一个大度数空间层呢！那相差的可不是十万八千里，而是……"

我接收到老师看着我笑时发出的信息，只要涉及数字，我就像喝了一盆糨糊一样糊涂！

"而是——一亿六千二百七十八万个千亿秒差距的距离！"老师按着我的思维轨迹将数字说了出来。

我记得看电视剧《西游记》时，里面的瑶池是我最羡慕的地方了,这次老师如果能带我去看到那样的美景,也就不枉此生了!

于是我催着老师立刻带我走,我们又来到了上次众智灵粒子(应该称"智灵人"了!)聚会的地方。原本幻想着映入眼帘的是一片神仙境地,不料展现在我眼前的居然是一个更加雄伟壮丽的现代飞碟式的大太空城……

那些已经有了职位的智灵人们,在第六度数空间层中,虽然各司其职,但是,这个空间层的无边空旷,他们的日子过得有些单调。

这一天,第六度数空间层智灵中心总指挥官——罗蒂波度,召集大家都聚集在太空城的"环境开发署"里,他说:"我今天召集诸位智灵人来此,不为别事,只想商量一下,在本空间中,能否再开发变化出一些新的环境空间?"

他的信息思维波刚落,便得到大家的积极支持:"我同意,我负责在这个空间层变化、开发出一片'百花园'。"负责环境开发设计的一个智灵人——"百花智灵人"首先表态。

这时,司飞禽猛兽之职的一个巨能智灵人——"兽灵人",也紧跟着说道:"我将变化、开发出一片'灵鸟和飞禽猛兽的乐园'。"

接着,性急的一个智灵人——"火灵人",连话都没顾上说,就变化出一处"火种密室"。将来,在这里要储存七粒"高空神秘火种"。此火种,需要到上层空间去取回来。

我说:"这么麻烦?直接打过来不就好了!"

老师说:"当然可以!但是它在穿越时空隧道时会将能量消耗掉,在物维空间就起不到火种作用了。"

司众山岳的智灵人——"山灵人",则将能量聚化出片片群山与座座峻岭,在朵朵橙色的彩云中,若隐若现。

司冰雪的巨能智灵人——"冰灵人",则在北极处,聚化出一片冰封雪飘之景,到处冰山耸立,雪花飘飘,显得是那样玲珑剔透,晶莹无比。

负责海洋环境规划的巨能智灵人——"海灵人",则将自己居住的处所隐没在云海之中,又变化出不少云珊瑚树,各种云质珍珠、蓝色云浪等云海异宝、异景。

罗蒂波度看到第六度数空间层的生存环境能量场变得如此华丽,便率领着众智灵人,到各处游览、欣赏。

那片幻化出来的景致让我大开眼界:不但有狮吼虎啸,狐叫狼嚎,还有莺歌燕语,鹤舞鸡啼,仙树摇曳,百花争艳。

近看:层峦叠翠,云泉淙鸣;

远望:群山逶迤,云梯蹬道。

诸般美景,若隐若现于烟云吐纳之间……

我正欣赏着眼前的幻境,忽听到雅梅莉安·迈蒂对众智灵人说道:"众位兄弟姐妹们,'宇宙高能智灵信息总库'已经派了送火种的特使,将七颗'神秘火种'送往第五度数空间,令我马上去取。"

说完,她来到"白色时空隧道"的洞门前,将门打开,等待上层空间智灵中心开启"白色隧道"的信息令。

"雅梅莉安·迈蒂,通往这里的'白色隧道'已经打开,请尽快取回'神秘火种'。"

第五度数空间智灵中心的信息指令传来,雅梅莉安·迈蒂恢复智灵原体形态。只见一只闪耀着紫黑色光团的黑凤凰,展翅纵身飞入"白色隧道",巨大的逆旋吸力将她吸入了上一层空间。

雅梅莉安·迈蒂将那颗"神秘火种"衔在口内,回身又跳入"黑色时空隧道"内。随着正旋吸力,又返回了第六度数空间层。

众智灵人簇拥着雅梅莉安·迈蒂,来到了飞碟太空船南边存放火种的"火种密室"。

"火灵人"此时正在那座准备储存"神秘火种"的火种密室，恭候着雅梅莉安·迈蒂的到来。

火灵人通过密钥将密室打开，在火种密室中央，有一朵熠熠生辉的七瓣紫莲，莲瓣中间是一株闪烁着碧绿色光芒的大莲蓬，莲蓬中央转圈排列着六个圆圆的红色小洞，洞中央有一个大洞。

雅梅莉安·迈蒂飞到紫莲花上空，将口一张，一颗赤红闪亮的"神火母种"冲口而出，在即将滴落到莲花的刹那间，又爆裂出了七颗"神秘小火种"。

七颗"神秘火种"在紫莲花的上空盘旋一周后，纷纷落下，不偏不倚，正好落入花蕊绿莲蓬里的七个红色小圆洞内。

正中央的那一颗火种，即是"神火母种"。

只见火灵人伸手一挥，"啪"的一声巨响，七个莲花瓣合拢起来，成了一朵紫色的花骨朵儿，将七颗"神秘火种"包在里边。

不是亲眼所见，谁也料想不到"神秘火种"竟然被包在一朵莲花骨朵儿内。（我都看傻了！老师告诉我那个火种就是个浓缩的核微粒"能量子"而已。）

第六度数空间层的众智灵人，将所有美景变化安排妥当之后，陆续回到自己的居所，一切秩序井然。

在众智灵人变化过程中，大家忽略了一位重要的智灵天粒子——第六度数空间层的司水智灵人——布拉克·奈森。

因为，在这个度数空间里所变化出来的一切美妙胜景，皆为云雾缥缈之景，无法变化出物维空间中的实实在在的景象。

这里的一切，以云雾之形为本质，而"水"则是一种物质实景，根本无法在这个度数空间层中变化出来。布拉克·奈森费了半天劲，变化出来的全变成了云海。因而，他身为司水执行官，在第六度数空间层里是有名无实的。

雅梅莉安·迈蒂看到布拉克·奈森的劳动全变成了片片云团，便飞飘过去，安慰他说："奈森，你不用难过。如果我们真的到了第七度数空间层，主要还得靠你来开发各个星球呢！听'宇宙高能智灵信息总库'的能量分配部门的执行官说过，星球没有水的话，任何有生物载体的生命体将不复存在。只有有了水，人类生物载体才能生存。"

布拉克·奈森听说自己将来还能有用武之地，又转忧为喜，兴奋地飞回了自己倒置的"水域分配办公区"。

在第六度数空间层里，这些变化成人形的高能量光子团们是没有上下左右前后之分的。他们不吃不喝，仅靠汲取宇宙能量，来使自己光子团的宇宙能量级提高。

我觉得对宇宙中心而言，凡是生存于宇宙中任何一处的任何生命灵体，都无所谓头朝什么地方；在宇宙飞船内失重的情况下，连有形生命的载体都可以头朝下睡觉，更何况那些变化成人形的高能量光子团呢？他们无所谓头朝上还是朝下，住所的水域分配办公区，也无所谓是正置还是倒置。他们在空间层自由移动，仿佛处于失重状态的飞船一样。

我正跟着大家游览着，随意地调转着自己思维信息波的频率，忽然与本空间罗蒂波度总指挥官的信息思维波产生了共振，发现他在暗中打算穿越到下一个空间层去。这时，还有一个智灵人，也在盘算着如何提前到六角宇区第七时空层——第七度数空间层去开发，去建功立业。

就是在这一意识的支配下，我看到布拉克·奈森偷偷地溜出了"水域分配办公区"，来到通往第七度数空间层的黑色时空隧道口，毅然地打开了隧道门，急不可耐地纵身跳了进去！这里边隐藏着一道极为危险的"生命天河屏障"——磁粒子玄波网。

霎时间,布拉克·奈森被顺旋着的巨大吸力吸了进去。他独自一人,在黑色时空隧道内翻滚着,扭动着,随着越来越暗的光线,他有些恐惧了,害怕了,后悔不该一个人出来……

在跟随老师返回家的途中,我告诉了老师,布拉克·奈森自己跑到"黑色时空隧道"门前,要去我们的那层空间。

老师听到这个消息,说了声:"早就发现了他的生命运行轨迹!现在只不过是带着你来到了过去的一个时空点上。"

我问原因,老师飘荡的信息波告诉我说:"以后你们第七时空层有戏可看了。你将来可以看到你们人类这个'智灵生命'的起源、地球史前文明古迹的由来、火星的兴衰史、埃及狮身人面像的祖先……"

听着老师的话,我有些留恋地回头看了一眼那个大大的飞碟,却突然发现它已经远远地隐在了云团中!此情此景让我不由得想起了南宋诗人辛弃疾描写元宵佳节之夜的《青玉案》一词:

东风夜放花千树,更吹落,星如雨。宝马雕车香满路。凤箫声动,玉壶光转,一夜鱼龙舞。……众里寻他千百度,蓦然回首,那人却在,灯火阑珊处。

今天回到家又是凌晨六点多了。第六层空间就是我们的上一层空间,那些飘降的"智灵人"也都变化出各种人形"光影",一直以来暗藏心中的,关于外太空智灵生命和高功能灵性的各种猜想渐渐显露端倪,他们曾经或者将会永远在多维空间中实验着各种奇特的"核聚变"!

达蒙教授看完这篇日记,非常兴奋,他从中发现了一些与现代科学技术可以接轨之处。比如飞碟太空城、司水执行官、密钥火种密室、环境开发署……已经接近我们当代社会的各种职能部门了。

他就是有些担心司水执行官布拉克·奈森在黑洞里面的境遇，不知道他会不会顺利地来到我们这个时空层。他急于想知道布拉克·奈森在黑洞里面的情况，便急忙翻开下一篇宇宙日记……

2107年8月20日

今天老师没有早到，我想，他一定是要给我讲课了，不会带我出去了。果然，老师准时来了，告诉我，不会带我进入"黑色时空隧道"，因为太危险了，他给我讲了一些布拉克·奈森进入"黑色时空隧道"的故事。

当时，黑色时空隧道门刚被打开一半的时候，布拉克·奈森朝里边望了望，发现"黑色时空隧道"中静悄悄、黑幽幽的，有些瘆人。但他哪里知道：在这里边，还隐藏着一道极为危险的"生命天河屏障"呢！

此时，急于立功的布拉克·奈森也顾不上思考，便急不可耐地纵身跳了进去……

由于布拉克·奈森的纵身一跳，黑洞内的能量场被迅速搅动起来，瞬间产生了一股顺旋的巨大吸力，他被吸入了"黑色时空隧道"。他独自一人，在隧道内翻滚着，扭动着……随着越来越暗的光线，他有些恐惧了，害怕了，"后悔信息"的抗拒频率能量布满了旋转场。但他又转而释放出安慰自己的信息能量场："自己在第六度数空间层，一天到晚无所事事，与其无所作为，倒不如先下来闯一闯，也好落个心安理得！"

布拉克·奈森这样一想，便驱散了自己原来恐惧的思维信息能量场，心情反倒平静下来。

在下落的过程当中，最让他没有想到的是：在黑色时空隧道内，竟然还有数不清的电离层、磁粒子、光爆层等屏障。布拉克·奈森的智灵粒子体，被屏障中无数看不清的碎片撕扯着……

每穿越一层，他便发现自己的高密度的智灵生命能量就减少了很多……

当时布拉克·奈森并不知道，自己穿越的竟然是宇宙之中最最坚固的"生命天河光子流"的第二道屏障——磁粒子玄波网。虽然有智灵体高能量的保护，他仍然感到自己的灵觉信息波，已经渐渐没有震动的频率了。

渐渐地，他的灵觉信息频率越来越慢……

随着第七度数空间层的接近，黑色时空隧道内的光线，由光亮的橙色逐渐地变成了暗暗的红色。

当布拉克·奈森在灵觉频率几近消失时，他竟然感觉到自己已经旋转着落到了第六角宇区的第七时空层！他的灵觉信息频率渐渐恢复了震动。他发现，这里是一个到处都充满了红颜色的时空层，漫天飞舞着数不清的透明星体，虽不及第六度数空间层光亮，却也处处是柔柔的红光，毫不刺目。

布拉克·奈森无意间低头，在自己的身上打量了一眼，发现自己竟然成为一个几乎有了形状的生命灵体，只不过是个透明体罢了。这让他惊喜了好一阵子。

布拉克·奈森只顾欣赏第七度数空间层的物质景色，却不知第六度数空间层中，因为遍寻不见掌管水域的执行官，大家都已经闹翻了天。

很快大家就发现布拉克·奈森已经私自降落第七层空间，打乱了开发第六度数空间层的全盘计划，众智灵人纷纷出动，上演了一出出第二道"生命天河"屏障内外的悲喜剧。

先是布拉克·奈森的那位姐姐般关爱他的司海智灵人，因为布拉克·奈森不见了而焦急万分。她跑到罗蒂波度处，向他哭诉，要求他准许自己去寻找水域长官——奈森的下落。

再就是雅梅莉安·迈蒂的担心：布拉克·奈森到哪儿，水便跟到哪儿。他一旦寻到警戒球星，虚幻的水便可成形，造成汪洋大海，后果不堪设想。

雅梅莉安·迈蒂还有件忧心的事：第六度数空间层的秩序、时空法规与律法尚未完善，布拉克·奈森私自去七空间，该受何等处罚，需报智灵总库决定。

我问老师："高层空间也有'处罚'一说吗？"

老师说："一般是减少生命能量的级别，这就等于被罚到下一级生命能量场或下一级别维数空间去了。"

尤其令人担忧的是，布拉克·奈森如果真的去了第七度数空间层，在穿越那层最危险的"生命天河"屏障时，将会失去巨大的宇宙生命能量。他的"智灵粒子"也会被击碎，成为丧失部分能量的"天粒胶子"，再裂解成为一个"巨能密度胶子"！还不止于此，并且还会被进一步分解成为光粒胶子、音粒胶子和色粒胶子这样三个"智灵粒子"体。由"天粒胶子"裂解而成的携带着唯一生命密码的"巨能密度胶子"为了生存，将会携带一个色粒信息胶子去一次次寻找、出入一个个物质载体。一旦回归，就需要再与光粒子、音粒子聚合成为一个完整的"天粒胶子"，补足其丧失的那部分信息能量，才可以再一次提升自己的生命能量场。要想经历这个过程，难度很大。另外，在人类生物载体聚集的"第七度数空间层"，之所以还需要做好各种准备，就是因为第七度数空间层底层向外与下一层空间相邻，在那里，充满了伺机寻找低频共振机缘的负能量智灵粒子的思维信息波。

七层空间再向外，便是第八、九度数空间层，也叫"镜面空间"。那里已经是本宇宙的边缘——黑色的死亡时空层，已经是一个没有任何超物质生命意识智灵体的空间了。

除了在第六度数空间层和第七度数空间层之间，设置了阻止

第十章　第六度数空间的智灵人

"生命光子流"外流的第二道屏障之外，在第七度数空间层以外的各时空层之间的隧道内是不设防的，就是为了便于坠落到那里的智灵粒子将来的飞升考虑的。

最危险的是任何有形与无形的超物质生命智灵体，稍有不慎，便会通过黑洞、黑色时空隧道，被吸落到下一层空间。

那时，才真正是叫天天不应，叫地地不灵！但是，只要人们的思维信息波不是有意自动调低了振动频率而发射低频的信息波，也不会轻易地被吸入下一层空间。

因此，"第七度数空间层"这个时空层，是一个极为危险的宇宙时空层，任何物质生命智灵体，如不检点自己的行为、意识，便有可能跌落到下一层空间里去。

在那里，回归的希望非常渺茫。

因此，"宇宙高能智灵信息总库"在这层空间（第七度数空间层）的上边，又设置了第二道更加坚固的"磁粒子玄波网"屏障。他们希望通过这种设置尽最大可能阻挡住那些智灵粒子跑到屏障之外去。

对刚刚看完的这篇日记，达蒙·卡莱尔最感兴趣的不是宇宙空间能量场的变化，也不是黑洞中有多可怕，更不是那些属于科学界范畴的新名词，而是对第一个来到我们这个充满秘密的第七时空层的"智灵人"——司水长官布拉克·奈森！他很想知道奈森这个司水执行官出走以后第六时空层的情景如何。

2107年9月8日 22：08

今天特使老师来得真早，我还想先睡一小会儿再听课呢！既然老师来了，那就问问老师今天给我讲什么内容吧！

老师告诉我，今天给我讲那个布拉克·奈森私自飘降第七度数空间层以后的事情。我一个哈欠还没打完，老师就要将我带走。

我说:"不行,万一有个小虫什么的飞进我的嘴里怎么办?"老师说:"你越来越不怕我了!"

我说:"谁让您越来越不守时了呢。"

老师不语了,我怕老师伤心,赶紧赔不是。

老师说:"没想到已经演化到这个第七度数空间层了,只有在这里,'时间'才有了实际意义,才可以称得上是名副其实的'时空层'了。为了适应这里的生命能量场,那些'智灵粒子'纷纷被击碎,转变成携带部分能量的'天粒胶子'和'巨能密度胶子'了,而且也都有了类似人类的名字。"

原来老师没有生气啊!我们人类就是"小心眼儿"!

老师等着我痛痛快快地将哈欠打完,就带我上路了。我们来到上一个空间,看到那些各司其职的智灵人们正在聚会。

下面是老师在途中告诉我的一些内容:

当时,"宇宙高能智灵信息总库"的决策者们原以为有了生命屏障就是万全之策了。他们想让众智灵粒子知道,这里之所以又设置了一道屏障,就是要告诉大家:屏障之外是一个极为危险的地方!是一个到处都充满了"警示"与"幻象"的时空层。这也就是他们当初要将第七时空层命名为"警幻空间层"的缘故!

试想,众智灵粒子如果落到了这样一个极为危险的宇宙时空层,能不令人担忧吗?

众智灵粒子来到第六度数空间层,这里对隐形生命而言,不存在任何危险,况且,还有第二道"生命天河"坚固屏障的有效保护。所以,仅仅有一些变化的功能与开发的本领就足够了。

但如果到了"第七度数空间层"就不同了。

雅梅莉安·迈蒂曾经听在"宇宙高能智灵信息总库"档案室的妹妹给她讲过,在第六度数空间层以上的空间里,大家隐形的"生命冷光团"是一个完整的"高密度高能量智灵子",也就是"智灵

第十章 第六度数空间的智灵人

子"或"智灵粒子"。但是在经过第二道"生命天河屏障"时，整个"智灵子"不但要被击碎成为一个缺失部分能量的"天粒胶子"，并且还会蜕变为一个"巨能密度胶子"，还会被分解成为三个单独的"胶子体"，而且，它还要同其中一个胶子体不断去寻找并蜗居在一个物质的生命载体中，才能够在那里继续生存。

这些理论，我在上次记录中，已经听到老师给我解释过，而雅梅莉安·迈蒂的担心就是这些！

对于一个有生物载体的生命智灵体来说，在那里处处充满了危险，特别是对于来自"下一个度数空间"的不良信息波，已经分解成三分之一能量的小胶子们，还不具备对付它们的能力。

此时，第六度数空间层的太空城正处在初建时期的紧要关头，布拉克·奈森却不辞而别，私自突破"生命天河屏障"，降落到危机四伏的七时空层，这岂不是给第六度数空间层的智灵人们添乱嘛！

那时的"宇宙高能智灵信息总库"的决策者们，更是清楚地知道第六度数空间层里所发生的一切，让他们担心的事还是不期而至了：只要有一个"智灵粒子"突破了生命天河屏障，进入了第七度数空间层，随后跟去的就不会少了。但，这也是他们的命运使然，其结果与命运已是无法改变了。

"警戒星球"，是"宇宙高能智灵信息总库"赐予地球的名字。他们希望自己所有的智灵子后代最好不要去那里，即使到了那里，也要时时警惕、戒备与收敛着自己的意识与言行，不要给那些来自"下一个度数空间"不良的潜意识负能量信息以可乘之机。他期盼着未来的"地球"，在他的智灵后代们的辛勤创建下，变成他们永远美丽富饶的家园！

来到第六空间太空城，我见到了这样的情景：

"布拉克·奈森不见了"的消息,就像风一样传遍了整个第六度数空间的太空城。因为众"智灵粒子"光团智灵人,都是超物质形态的意识信息生命体,皆以"意"和"信息"相通。所以,消息传得飞快。

众智灵人自从得知布拉克·奈森不见了的消息之后,纷纷猜测着、互相询问着:

"你说,我们的布拉克·奈森到底去哪儿啦?"

"他是不是回到第五度数空间层了?"

"不可能!每次返回上一层空间,必须得到上一空间智灵中心的准许,并打开白色时空隧道的门,等待着那股逆旋的吸力,才能够返回去。"

"是呀,布拉克·奈森没有第五度数空间层智灵中心的准许是无法打开隧道的洞口的。再说了,即使撞开了隧道门,擅入时空隧道,没有强大的逆旋吸力,那漫长的六千三百万个千亿秒差距的路程,也足以将他的宇宙智灵体能量耗尽而湮灭了。"

很多智灵人都不相信布拉克·奈森去了第五度数空间层。

"那只有一个可能,"雅梅莉安·迈蒂猜测道,"布拉克·奈森去了下一个时空层——第七度数空间层!"

第六度数空间层中与罗蒂波度共同主持智灵中心的副指挥官——安卡·特拉姆焦急地叫了起来:"那可就麻烦了!他一旦踏上了警戒星球,不仅水将有了实体形状成为物质态的,会把那个星球淹没,而且他在通过第二道"生命天河屏障"时,还将会损失掉很多宇宙生命能量,可能将他的智灵粒子体击碎,在将来要想回归,就难上加难了!"

…………

就在大家议论纷纷之际,第六度数空间层罗蒂波度和那些新生的小智灵人们,都各自有自己的打算:罗蒂波度生性活泼不安分,对让自己担任第六度数空间层的指挥官心有不甘。

有一天,他找了一个机会,悄悄地对一个小智灵人说道:

"你敢不敢跟随我去第七度数空间层?"

"当然敢!"小智灵人回答。

"那好,咱们找个时间。对了,你再帮我多找几个小伙伴,我偷偷地带你们去。"

我暗想:我们七时空层有什么好?还都非要来我们这里凑热闹!

罗蒂波度来到太空城的指挥中心,趁安卡·特拉姆不在,便偷偷地"光爆"了一个自己的复制品,他是从第五度数空间埃尔紫丽娃那里学来的,并将"光爆"好的自己藏了起来,等到自己去七时空层时,再将他放出来,代替自己行使总指挥官的职责。

罗蒂波度给自己的"替身",也打上了一个特殊的密码印记,其对应的名字是"金罗蒂"。

别看罗蒂波度生性好玩,但他非常聪明,也很理智、细心。他很清楚:自己不能随便更改"智灵总库"烙在自己灵体上本空间总指挥官的"密码印记",而且必须留在本空间,不能随便移动的!如果自己要去七时空层,导致这种"密码印记"在本空间消失,其结果就是自己的"智灵粒子"体也将会在"智灵总库"中被注销。

因此,他才急急忙忙地"光爆"了一个替身,替自己履行指挥官的职责,自以为如此隐瞒过去不会失去自己的原始生命密码,才不会被总库注销。

这样,他既可以继续追随雅梅莉安·迈蒂到七时空,又能够不违反本空间大家制定出来的律条,真是一举两得的好主意!

虽然罗蒂波度因为自己的聪明想法有些飘飘然,但他不敢掉以轻心,依然小心地做着行前准备。

老师说到这里笑了,我急忙发去同频信息波询问:"老师,我感觉到您笑了,为何?"

老师答:"罗蒂波度自以为自己很聪明,想瞒天过海,其实总库早已浏览了他的智灵体运行轨迹。"

我问:"如果总库允许我们这样做的话,我也爆一个替身出来!"

老师答:"你爆一个我先看看!"

没想到我用尽了各种方法也爆不出来!

老师笑着告诉我说:"你一个小小的'智灵思维因子'没有那么大的能量!如果换作你体内的'巨能密度胶子'的话倒还有些可能,不过他不能在物质载体内有任何作为!只能是储存能量。"

我泄气了,不跟老师讨论这个问题了,继续记录。

先放下罗蒂波度积极地做着去七时空的准备工作不提,再来看看那些小智灵人。他们听说布拉克·奈森去了第七度数空间层,不由得也动了心思。淘气、活泼的天性,让他们也按捺不住对七时空的好奇与向往。他们相约:一定会有高智灵人去七时空层寻找布拉克·奈森,他们也要偷偷地跟随一起去。

云海智灵人这时也在暗暗地盘算着:"我这高空云海,如果是物质形态该多漂亮啊!一旦有了机会,我一定要到那里去,开发出一片蓝色的物质海洋,让布拉克·奈森也在那里居住。这样,海水就永不干涸了;然后,再将美人鱼智灵四姐妹,请到第七度数空间层的警戒星球上,在海底住所和我做伴。"(看来海中真有海智灵人)

此时此刻,其他智灵人如火灵人、冰灵人等都在做着自己的打算。他们也想到第七度数空间层去走一遭,而此时"去寻找布拉克·奈森"便是最好的借口了。

说来算去,只有安卡·特拉姆没有去第七度数空间层的打算。

因为她舍不得眼前的雄伟壮丽的太空城,她要驻守第六度数空间层,享受这没有物质形态的虚幻美景,在这里还能够随意变化成人形的智灵人,而且不会受到物质的各种限制。

第十章 第六度数空间的智灵人

第二天,众智灵人聚集在智灵中心总指挥部,罗蒂波度和安卡·特拉姆并排坐在上面,罗蒂波度让安卡坐在自己的左边,对大家宣布:我和安卡·特拉姆正式担任本时空层的总指挥官,以后所有大事情由安卡·特拉姆定夺。

在高空间层,我发现几乎所有高能量的智灵人都是左撇子,在他们那里是以"左"为首的。

罗蒂波度这样推崇安卡·特拉姆是有自己的打算的。因为将来代替他行使"总指挥职责"的是自己的替身。他这个替身,比不了第五度数空间埃尔紫丽娃的替身(雅梅莉安·迈蒂),因为迈蒂的宇宙能量级别很高!她可是有十二级能量呢!

所以,今后处理各种事物,还得靠具有九级能量的安卡·特拉姆多费心。更何况,安卡·特拉姆的本性,就是愿意处处强出头,这样做岂不正成全了她?

看起来,在第六度数空间层也仍然是女权当政!

众智灵人对罗蒂波度的这一举动大惑不解,但因为当时在这个太空城还没有制定出详细的时空法规与律条,所以也就没有多问。而此时的安卡·特拉姆却很得意,并没有推辞。她对罗蒂波度的这一举动,也就没有过多地考虑原因,更没想到这是自己夫君追随雅梅莉安·迈蒂而去,抛弃自己的开始,也是自己日后冲动下失去阴能总指挥官职位的起因。

罗蒂波度不安地坐在虚幻的大沙发上,不知如何开口提出去第七度数空间层的事。正在他惴惴不安之际,海智灵人率先开口说话了:"众位兄弟姐妹们,布拉克·奈森不见了,我想,他一定是去了第七度数空间层。罗蒂波度，我放心不下他的安危，请求去第七度数空间层走一遭。"

罗蒂波度一听，正合己意，他便点头说道："好吧，我马上派一些高能智灵人，跟随你一同去第七度数空间层。"

罗蒂波度边说，边抬头问众智灵人道："你们哪一位愿意随同她到第七度数空间层寻找布拉克·奈森？"

"我去！"海灵人第一个回答。

"我也去！"负责鸟兽的智灵人也急忙上前去抢着回答。

"我也得去！"山灵人也不甘落后。

"我们也想去！"一群花圃院的"小花人"也怅怅地说道。

"不行！"上边传来安卡·特拉姆严厉的声音，"你们都走了，谁来管理太空城后面花圃园中的百花？谁来为它们挥洒宇宙细小的微能量呢？"

罗蒂波度见众智灵人都要到第七度数空间层去，心中有些着急："大家别急！我们不能全都下去呀，第六度数空间层也需要开发管理。这样吧，此事就由雅梅莉安·迈蒂来安排吧！"

记录到这里，我的思维中不知涌起的是什么情感，那些原本不应该来到这个险恶时空层的高能智灵人，却为了一个司水的智灵人而纷纷冲破危险的生命屏障，来到了这里。我从中看到高空智灵人有着宇宙"大爱"的特质！他们是一个有着极高能量的充满"爱"的高密度光体。

我们不能在高层空间逗留太长时间，老师带着我迅速返回了家中。我急忙将今天的所见所闻记录下来，心中不知不觉地有了新的期待，期待我们所熟悉的时空中的故事。

达蒙又打开了下一篇日记。

|第十一章|
人类生命体光音色三色子之谜

2107年9月17日　23：20

终于把老师盼来了，我急着要看看我们人类之智灵是如何从一个完整的"智灵密度胶子"被分解为三个智灵小粒子的精彩过程。

老师说讲给我听也可以，但我还是愿意"亲临现场"去观看，用自己的语言来记述给人们听。这是我的小私心！亲临现场就像在梦中观看彩色电影一样，显得很真实！

我催着老师将我带到了"现场"，正好看到雅梅莉安·迈蒂在暗中向"宇宙高能智灵信息总库"请示着什么。下面就是我看到的情景：

我看到一直默不作声的雅梅莉安·迈蒂，正在暗暗地请示"宇宙高能智灵信息总库"。我急忙让老师将我的思维信息波频率调到同频状态，我听到了他们之间的意识流淌。

"宇宙高能智灵信息总库"的决策人犹豫再三，他担心雅梅莉安·迈蒂他们在突破"生命天河屏障"时会丧失宇宙能量，便决定助他们一臂之力。

总库决策人告诉雅梅莉安·迈蒂，总库第六角宇区的生命能量保障部门会在零空间暗暗地帮助她们。在他们即将通过第二道"生命天河屏障"时，会用一种极为特殊的"磁力光膜"将他们包裹住，使"生命天河屏障"的玄波网爆炸的威力对他们的伤害减弱一些，为的是让他们在通过屏障时，将生命能量的消耗减到最低。

最后，"宇宙高能智灵信息总库"又对雅梅莉安·迈蒂传达一条信息，让她在带领"智灵密度胶子"（智灵人）们，飞降到警戒星球之前，为保留智灵体的大部分生命能量，要将一部分能量光体留在六时空层，只允许一小部分能量体到下一个时空层。必须在那里创造出一个能够适应各种生命灵体生存的整体环境，然后，再在那里制造出各种生命粒子的物质载体。完成任务之后，要速速返回总库复命。

再后来我就听不到了，原来总库决策人将传导信息调频、加密，用一种我从来都没感受过的极高的频率，继续向雅梅莉安·迈蒂传授着"时空机密"，只见雅梅莉安·迈蒂频频点头。接着，信息频率忽然又产生了变化，我又能听到了，她对大家说："各位，我们先去寻找布拉克·奈森。'宇宙高能智灵信息总库'发布指令，命我护送大家一起到警戒星球上去。待找到布拉克·奈森以后，再来安排大家，陆续降落第七度数空间层。现在，我就来指定随我下界的众智灵人。"

所有智灵人一致同意雅梅莉安·迈蒂的提议。

第一批去寻找布拉克·奈森的智灵人终于选定了下来。

听到这里，我偷偷地问老师：

"您不是说到我们那里去，必须要分成三个小粒子吗？不是还让她保留大家的能量吗？他们怎么还是完整的智密胶子形态呢？"

老师说："你太性急了，等等再看！"

只见雅梅莉安·迈蒂让大家一字排开。老师的信息余波还在，就看见一道道紫黑色的闪电径直地朝着那些"智灵密度胶子"光团的中心处劈了过去。

刹那间，从每个智灵光团的中心飞溅出了三个亮亮的光球，分别是金黄色、蓝色和红色。这三种颜色是六时空层中最基本的颜色。这三个亮球，就是金黄色的"光粒胶子"（俗称"黄色粒子")、蓝色的"音粒胶子"（俗称"蓝色粒子"）和红色的"色粒胶子"（俗称"红色粒子"）。当我再回过头来朝那个"智灵密度胶子"望去，发现他们的光晕都缩小了很多，老师告诉我他们都蜕变成为五彩光晕的"天粒胶子"，携带着留下的百分之九十左右的生命能量。

我不由得发出感叹：那么高能量的"智灵粒子"竟然也会被击碎，分解成光粒胶子、音粒胶子和色粒胶子三个智灵粒子体，成为丧失部分生命能量的"天粒胶子"。我暗想，那么多的小粒子，总不会全部都到我们地球上来吧！

此时，智灵总库的信息波从高空传了过来："雅梅莉安·迈蒂，你要对这些新生粒子做好能量场的分配，绝对不能错！否则他们将来很难回归了！你将保留有大部分宇宙生命能量的'天粒胶子'留在他们诞生的那个时空层积蓄着原有的能量。另外，再从'天粒子'中分出少部分生命能量存储在一个'密码能量团'中（这个密码能量团就是巨能密度胶子，而非智灵密度胶子），在这个'密码能量团'中复制出他原有的'生命密码'，将来由他（密码能量团）携带着'色粒胶子'共同进驻'生物载体'。记住！这个密码是他们回归时唯一的一个识别标志！而那个'光粒胶子'则存放在七层时空的三级十二维生命能量场中。唯有随时可以捕获虚空生命暗能量的'音粒胶子'和标有生命密码的'密码能量团'与'色粒胶子'，才可以跟随你到七时空的一、二级生命能量场中去。两种胶子的功能不同，'音粒胶子'将在虚空中监视着'色粒胶子'；因为我们将这个宇宙中唯一具有的低维度思维功能赋予了'色粒胶子'，让他和'密码能量团'进驻不同的'物质形态载体'中，使他们成为有生命迹象的'智灵体'的载体，那时，第七度数空间层的一级生命能量场将会变成一个名副其实的'物质世界'。将来他们回归时，'密码能量团'携'色粒胶子'同'生命载体'分离，由'音粒胶子'接回到本层三级生命能量场的十二维空间，同'光粒胶子'融为一体，再回到他们诞生的那层空间，成为一个完整的'天粒胶子'，之后便等待时机，再一起回到零空间的智灵中心。"

我此时不知道迈蒂的情感动向，只是集中思维，拼命将自己的思维波频调到与智灵总库的信息频率产生共振，并牢牢记住他传达给雅梅莉安的每一条信息内容。

我深深感受到智灵总库的宇宙最高决策人那颤抖着的"爱"！就像伸出了一只无形的手，操纵着那高频信息波，不断地在拨动、感染着每一个微小生命的灵感心弦！他的嘱托、他的细腻、他的担心、他的博大、他的无所不包的爱，都让我的心灵震颤不已！我不知道自己此时的单粒子智体是否还有眼泪，更不知道他们将会在何处流淌，我不知道我们人类的身上还有这么多不为人知的秘密！在这种充满爱的能量场中，我反思着，地球人类的大脑思维中，为何会有那么多的与之共振的"低能量的负频思维"。我更想知道我们该如何将自己的频率调高，并与那高能量"爱"的思维频率共振。

老师感知我在反思人类的低频思维，没有去打搅我，只是默默地跟在我的后面。

不大工夫，我的情绪就被那些欢呼的新生小粒子们感染，我收回思绪，继续细细地观察着他们……

当雅梅莉安·迈蒂将"宇宙高能智灵信息总库"的回应公布出来的时候，大家都禁不住欢呼起来，终于可以去七时空层寻找布拉克·奈森了。

但谁也没有想到，如此一来，将给智灵密度胶子的回归增添不少的麻烦。而且，凡是到警戒星球上去的，都必须将自己完整的智灵光团解体成五份！

老师怕我记不住那么多的内容，就又详细、耐心地给我解释着：

"色粒胶子"（即九态因子）还可以细分为两个小功能粒子，即"色子"与"迷子"。它们各自主宰着同一个物质载体的"天性"与"气质"。其中的"色子"，也叫"信息思维因子"，它在暗中时时感受与记录着各种能量场的信息（看来，宇宙特使老师带往各空间观察、体验的那个"我"，也一定是那个"色子"喽！），将来，它会跟随着"色粒胶子"一起回归；而"迷子"，即神经系统主宰的"动态思维因子"，它也带有一定的宇宙信息能量，因为它主管着物质载体的所有行动。

"色粒胶子"每次跟随"密码能量团"脱离物质载体回归时，就像人们搬家离开祖屋一样，都要留下一个"管家（迷子）"守候着，以示对逝去的载体的纪念。（当我们吃下动物的载体时，不知守护着他们的"迷子"作何思维呢？）

如此一来，"色粒胶子"跟随"密码能量团"每转换一个生命载体，都要失去一个"迷子"，留下一部分生命能量。转换生命载体的次数越多，遗留的"迷子"就越多，生命能量就越低。如果他总是不能设法使自己的能量获得提升，就会一直降低下去，直至消耗殆尽，坠落到下一个时空层。

这是由宇宙第七时空层这个特殊的物质环境所决定的：因为，它既有无形的虚幻环境，又有各种生物载体的物质环境；既有无形的"音粒子"在虚空，又有生物载体的"色粒子"在物质载体内。

此时，雅梅莉安·迈蒂带领着她指派的几位"智密胶子"和新生的小粒子们的"音粒子"与"色粒子"，等待安卡·特拉姆为他们打开通往第七时空层的"黑色时空隧道"的大门。

老师送我回到家，嘱咐我说："下一次，我要用专业一些的语言，告诉你人类在地球真正的起源是什么，你要好好准备记录。"

我们人类真的那么复杂吗？是谁让我们学会了思维？是谁给了我们生命？我们以前真的是个小粒子吗？

难道我叙述的景象老师不满意？还要另外给我讲课？不知内容有何不同？期待着……

观看日记的信息专家达蒙·卡莱尔，此时已经不知道该思考些什么了，他只是惊讶！生物科学早就已经进化到DNA的密码序列，已经认知了细胞核和神经系统，但对人类的智灵思维的研究却还是个空白！尤其是那些人体本身所显示出来的种种奥秘，还未曾真正地揭开，那些人类最最想知道的我们"从何处来"又将到"何处去"的论题，一直都笼罩着一层神秘的色彩！这些未知领域，成为一种被无知所利用和似是而非、令人难以理解的所谓"天机"！达蒙迫切地想知道这些秘密，他早已忘记一切，他重新调整了坐姿，继续观看这一篇篇的宇宙日记。

2107年10月5日 23：00

老师来了，看到我已经把纸和笔都准备好了，很高兴，说了一声："开始吧。"

我马上进入状态，飞速地记录着老师所传达的重要的宇宙信息……

老师问我："你认为你们是从哪里来的？"

我说："有人说我们是你们的'实验品'；有人说我们是你们的'犯人'，有罪的犯人；还有人说我们是一群堕落的'天使'；

还有人说我们是一群'灵魂垃圾';还有人说我们是……"

"行了行了,"老师打断我的话,我感觉老师情绪有些黯然地对我说道,"可怜的孩子们!是谁给你传达的这些伤害你们的负面信息?我明确地告诉你,你们不是我们的实验品,不是我们的犯人,也不是灵魂垃圾,你们是天使,但不是堕落的天使!你们来到这里难以回归,一直是宇宙信息智灵总库无法解脱的痛!"

我不解地问:"不是犯人,为什么要惩罚我们?为什么要监禁我们?为什么不给我们自由?"

于是老师开始耐心给我解释,他说,我们之所以会来到这个时空层繁衍生息,都是我们自己闯的祸。当时,我们的智灵祖辈飘落到这里以后,发现这里并不适合自己生存,想返回去又都因生命能量不足回不去了;想生存下来,又都无法适应这里的物质环境。智灵总库很心痛,只好派高能智灵人给我们制造相应的生存环境与适宜的生命载体,以便让我们能够暂时生存下来,学会适应物质环境的能力。老师告诉我这个过程是智灵总库的爱心安排,他要我们学会对宇宙大"慈爱"的"感恩"!

老师告诉我:

第一个闯过生命天河屏障,来到这个物维空间的"智灵密度胶子",就是"布拉克·奈森",他负责整个时空层里边的水,包括水的各种衍生物,并利用时空场的各种能量,将水分子带往各个空间。水,是智灵生命体在这里生存的一个必要条件。

至于地球人类与各种智灵生命体是如何在地球上生息繁殖的,首先,必须有各种飘落至此的"色粒胶子"与有着生命密码的"密码能量团"在这里生存时所必需的生物载体,他们才可能在这里生存下去。

地球人类科学家一直在寻找"生命"的起源。他们的寻找方法和目标,实际是在努力地寻找"生命载体"的起源,而不是"智灵生命体"的起源。"生命载体"在没有"密码能量团"和"色粒胶子"进入之前，只能唤作"生物体"，而不能叫"智灵生命体"。之所以叫"智灵生命体"，是对"色粒胶子"而言，他是宇宙间有思维功能的"信息胶子"。"色粒信息胶子"又被后来研究宇宙起源的科学家称为"丸态思维因子"。

　　智灵生命的"载体"是如何起源的呢？简单来说，它们主要依赖于宇宙中溢散态空间存在的一些"基本粒子"。这些基本粒子就是那些在信息随向性的作用下自然形成的"信息迷粒子"和"色粒信息胶子"。当太空中的温度在"特定区域中"迅速降至87℃到零下32℃的范围之内时，这些"信息迷粒子"和"色粒信息胶子"就会合成生物载体最初的一种"肌朊线粒体"（一种胶溶性的线粒态的信息遗传物质体），从太空飘落到地球表面，形成一个生物载体所必需的"主系肌朊线粒体"，进而分裂、成长、再聚合各种有机物质，从而诞生各种不同形状的最原始的"生物载体"，散落在地球的不同地点，等待着每一个不同振荡频率的"色粒信息胶子"与其共振并迎其入住。（看起来是先有生命的载体，然后才有的人类的智灵生命体。）

　　我又问老师说："老师，我知道生命载体是这样形成的了，可是，人类的大脑怎么会思维呢？它又是怎样生成的呢？我出来了他还会想事情吗？"

　　老师笑了，强烈荡漾起伏的信息波传了过来："人的神经系统是物质的，不是超物质的。是由宇宙中有着思维功能的'色粒信息胶子'跟随着'巨能密度胶子'进入人体占据'脑丸宫'之后，领导着主系肌朊线粒体依照智灵信息宇宙的暗网络裂解、复制出来的。'丸态思维因子'是这个系统之首。另外它还有一套'群态反应因子'构成生命体的DNA遗传密码体系，依此不断裂解、复制成旁系肌朊线粒体，裂变为人的肌体。整个神经系统遍布全身。受

'丸态因子'控制指挥，所有正思维信息所得能量皆储存在丹田处的'蓄能丹'（也就是巨能密度胶子）中，待其携带'丸态因子'离体回归之用。负思维信息则消耗它所储存的正能量！离体或不离体与信息宇宙沟通的就是那个'丸态因子'，它是宇宙空间里可单独存在的小'思维因子'。人的脑神经系统放大以后，就是信息宇宙暗空间的微缩图！"

我听老师讲完才恍然大悟："原来，这就是我能够和暗宇宙进行信息沟通的奥秘！"

老师看我听得很认真，记录得很仔细，就继续为我传达如下信息：

"最初的'智灵生命'，无一不是由于'色粒信息胶子'（丸态思维因子）的入住而产生的！但是，这些'丸态思维因子'不是被我们看管的'罪犯'，不是我们的'生物实验品'，也不是'堕落的天使'，因为他们没有堕落！当初他们是怀着美好的愿望，想体验、开发、建设这里，才误闯了生命天河屏障，来到这个物质世界。

"我们没有将你们看作是'罪犯'，而是一些迷途走失的'孩子们'。为了帮助你们回归家园，我们一直在努力！当我们终于找到你们时，马上采取了各种保护措施：在你们的周围设置了层层屏障、隔离膜，避免宇宙中的各种射线、磁场、高能量等危害到你们的生命载体，并经常传达一些信息，来指导你们、提醒你们，以种种灾害向你们示警，为的就是想保存你们"智灵密度胶子"原有的生命能量，不要过分地去消耗它们，避免将来回归时能量储备不足。

"智灵总库看到你们的智灵祖辈们突破了屏障，不是我们要惩罚你们，而是你们自己来到这个空间，为了生存，为了适应这个能量场，又不得不将自己关进了物质的'笼子'里面（指的应当是各种生物载体），甩不掉、逃不出，并且还非常害怕离开这个'笼子'！如此一来，不但损耗掉了你们自己原有的生命能量，还给你们的回归制造了痛苦与障碍！"

老师不想将气氛弄得过于沉重，又告诉我一些有趣的事情。

当初智灵生命的诞生很有趣：众多飘降到地球上的"密码能量团"携带着"丸态思维因子（色粒信息胶子）"，还不懂得挑选生命载体的形状，有的就进入了动物载体里面、有的进入了植物载体里面、还有的进入了各种怪模怪样的载体里边生存。万物皆有灵即由此而来！当时生命载体的DNA都不相同，少的只有一条，多的达到十二条！根据载体的生存时间不同，离开载体的时间也不相同。

刚刚进入生命载体的"丸态思维因子"苦不能言，他们发现自己被禁锢了，会拼命挣扎、痛哭，无奈之下才会渐渐接受这个载体。在日后的成长过程中，首先威胁他们的就是腹中的饥饿感，他们开始寻找食物，没想到连同自己一起进入到了一个大自然"生态食物链"，生存在了一个"物竞天择""优胜劣汰"的物维环境当中。

这部分内容我记录完毕，又跟老师聊起天来。

我问："老师，既然智灵总库爱我们，时刻盼儿归，是不是应该派一位高能师父来我们这个空间帮助我们呢？"

老师答："以前曾经有多位高能智灵人被派遣到这个时空层，面对面地给人类讲解各种宇宙知识，讲解回归到智灵中心的各种方法。"

我问："以前有过，那现在呢？曾经有人告诉过我，说是有一个宇宙间级别最高的师父来到地球救众生啊！"

老师反问："级别最高？"

我点头。

老师说:"我给你讲了这么多,你认为谁的级别最高呢?"

我说:"当然是智灵总库的总决策人!他的能量级别是二十五级!但是,他是不能到我们这个时空层里来的,就连内宇宙最低能量级别的智灵人都没有可能来到这里!这个时空最高的能量级别是十二级,就是这个时空层的智灵中心唯一的决策总指挥'核母智灵子'呀!只要在这个物质空间,人类生物载体的能量级别就只有一、二、三级,极个别的人可以达到四级。所以,他根本不可能是宇宙能量级别最高的人!"

老师问:"还用我进一步解释吗?"

我说:"那到底谁能够帮助我们回归呢?"

老师开始继续给我讲课。

"在这个时空层,目前是没有救世主的!能够救你们的,只有你们自己!只有你们体内的'密码能量团'和'色粒信息因子'与信息宇宙高智灵信息的沟通与自查,进行自我改造,不断适应大自然,爱护大自然,爱护大自然生物链上的每一个生命灵体,给大自然以一个良好的容介环境。只有如此,你们才会不断地提高自己思维信息的振动频率!提高自己的生命能量级别!

"不要听从那些自以为是的鼓动,扰乱自己的思维!要想提高自己的生命能量,还必须遵守人类自己制定的道德规范!一定要守住自己内心深处的高频底线,不断反观自己、调整自己的思维信息的频率,并逐渐与宇宙大爱的频率和谐共振!只有这样,你们才有可能逃离那些低频率信息的冲击!牢记!你们不能将生命能量都浪费在对别人的说教与受教之中!一个人类的'巨能密度胶子'和'丸态因子'能否回归,并不取决于任何一个人,而在于自己是否可以将能量级别一步步地提高。

"你们一定要记住!所有非正常离开(没有按照生命轨迹正常运行)生命载体的'密码能量团'和'色粒信息胶子',他的能量都是逸散的，根本不可能（也没有那个生命能量）返回高能量高密度空间层的生命能量场中去！甚至连原来空间里的生命能量场都不能适应而飘落下行。"

"老师，您知道我们人类有一种'造业'与'消业'之说吗？"我忽然又想出来一个名词向老师请教。

老师说："那是你们久远的世间用语，在'宇宙高能智灵信息总库'里是没有此说的。"

我问："那时候所指的'业力'到底是什么呀？"

老师给我解释说，过去人类所说的"业力"，实际上也是一种生命能量的体现。所谓的"造业"，是一种生命能量的损失与浪费；而"消业"则是一种生命能量的自我补充过程，而且只有一种途径（不可能有另外的途径），就是来自于体内"丸态智灵因子"与信息宇宙沟通时的思维所产生的正态能量！人类之间是不可能相互"消业"补充能量的，它只能来自于智灵宇宙。

我问："老师，如果我们人类出现了一些自称的各种大师，我们该如何判断他们到底是不是真正的高智灵老师呢？"

老师答："一个高智灵老师，他会引导你们自修自查，会告诉你们该如何将自己的生命能量提升。有一些自称大师的人，也会教导你们这样做。"

我问："那我们就更难以区分了！"

师答："辨别高能老师'真'与'假'的标准只有一个，那就是——看他是将你们生命能量的提升引向了体内，还是体外。也就是说，他是引导你们不断进行自查与自修还是将你们引向了参与不利于他人的各种活动，这也包括针对他人的各种不良的思维信息导引。尤其是后边这一条，更是减损、浪费你们生命能量的做法！同时浪费掉很多提升自己能量的时间！其实在物维世界中，'生命'的本质就是'时间'！这种所谓的'大师'还会利用众人对自己的崇信，来汲取大家'敬仰'时所产生的生命'能量流'，来补充自己能量的不足！这样的老师将自己标榜得再高，也不是真正的高智灵老师！明白了吗？"

听到老师的话，我为物化了的人类感到羞愧与自责！不是吗？我们人类却常将"时间"当作了物质的"金钱"！我此时此刻深深地感悟到老师所讲的"时间就是生命"的真正内涵！的确，生命在"金钱"面前也许会千差万别；但在"时间"面前，却是人人平等！在时间所显示出的"生命轨迹"面前，"金钱"显得是那样苍白无力，那样微不足道！

我整理了一下自己的思路问老师："您的意思是说，我们只要自己踏踏实实地生活、踏踏实实地修身养性，不要管他人好坏了？"

老师说："你们可以将宇宙的大爱传送给每一个人，但不可以将自己的意愿强加于人，尤其是不能恶意诅咒他人！这是万劫不复的恶念！要知道，小到每一个微小的生命、大到每一个存在着的团体，也都有各自的命运运行轨迹。国家也是如此。这就像宇宙也有自己的运行轨迹一样，这就是你们常说的'天道伦常'！'命运轨迹'是不会被你们人类的主观意念所左右的！反之，这种'逆运思维信息'，只会损害、降低你们自己的生命能量！"

我说："那如果人数众多呢？"

老师说："你们人类不是没有人在尝试着向'宇宙大爱'挑战，向宇宙'运行规律'挑战！但结果如何？只有他们不断地一次次地去自圆其说了！"

我说："老师，您指的是？"

老师说："泛指，只是告诫你们，不要浪费自己有限的生命能量，不要试图挑战我们每一个度数空间层智灵中心的能力！不要将我们的'爱'排斥掉！"

我通过老师振荡着的信息波，感受到老师的目光很慈爱，巨大的"爱场"使我的心在颤抖，我的泪水夺眶而出！当我返回家中的时候，发现那个坐在那里的"我"眼里竟然也滴落着晶莹的泪珠。

今天跟老师的对话，让我对世间所谓的"大师"有了更高的分辨能力！我承受不了老师担心与慈爱的能量场，我只有用眼泪来抚平自己振荡的情绪了。

达蒙教授读到这里，低下头来，静静地消化着宇宙特使老师所传达给地球人类的"大爱"信息，体会着"时间"就是"生命"的深刻含义。不知不觉地，他发现自己竟然也热泪盈眶……

2107年11月3日 23：00

今天老师带着我"看"的是在"黑色时空隧道"内，雅梅莉安·迈蒂带领着众"巨能密度胶子"和"色粒信息胶子"，飘降第七时空层的过程中大家的交谈内容。

在"黑色时空隧道"内，幸亏有智灵总库的暗助，众"巨密胶子"和"色粒胶子"体才没有遭受到"生命天河屏障"玄波网更加猛烈的打击。他们的"超物质形态灵体"，随着那股巨大的顺旋之力，旋转着……下降着……

他们感到在隧道内下落的时间很长，便聊起天来。

雅梅莉安·迈蒂首先发出了振荡的信息波："我们这次通过的第七层'黑色时空隧道'，同以上几层'黑色时空隧道'的距离一样，都是一亿六千二百七十八万个千亿秒差距。但是，大家要耐下心来，因为此去的时间，要比我们从'第五度数空间'到'第六度数空间'的时间，长好几倍呢！"

山智灵人问道："我不明白，为什么一样的路程，走的时间却不相同呢？"

雅梅莉安·迈蒂笑答道："这是因为在这一隧道中有智灵总库设置的第二道'生命天河屏障'。另外，在宇宙之中，还有很多大家不知道的秘密呢！"

这时，大家都被雅梅莉安·迈蒂的这句话勾起了兴趣。

我也对雅梅莉安·迈蒂的话表现出了极大的好奇。这可比大家在地球上，用各种探测仪、望远镜、航天器观察、计算、探讨宇宙的秘密来得方便、准确得多！

于是，大家一起央求雅梅莉安·迈蒂道："你快给我们讲讲这宇宙'生命天河屏障'到底是怎么回事，然后，再给我们讲一讲宇宙中的其他秘密吧。"

雅梅莉安·迈蒂将从妹妹那里得到的信息内容一一讲给大家听："智灵总库为我们设置'生命天河屏障'，就是为了避免宇宙中的'生命光子流'，飘流到没有生命的外空间去。因此，在'第三度数空间层'和'第四度数空间层'之间，设置了第一道'生命天河屏障'。人类将它称为'光离子玄波网'。为了保证大宇宙的稳定，又以它为界线，将宇宙分为'内宇宙'和'外宇宙'。在我们所处的'外宇宙'中，'宇宙高能智灵信息总库'还是不放心，就又在'第六度数空间层'和'第七度数空间层'之间，设置了第二道'生命天河屏障'。这道屏障又叫'磁粒子玄波网'。智灵总库想以此来阻止我们继续向外漂流。在每一道屏障内，都有无数的光、电、射线等各种核离子爆炸天网，凡是想突破这个屏障的'智灵生命光团'，都会被炸得支离破碎，宇能尽失。"

"那该怎么办呢?"风灵人着急地问道。

众智灵人感到非常好奇,静静地听雅梅莉安·迈蒂继续讲下去:"在宇宙三宙岁时,曾经有一些'智灵生命光团',在没有智灵总库的帮助下,因为好奇,就曾私自闯过了'生命天河屏障',在宇能尽失之后,便纷纷坠落到物质时空层的地面上。那时,他们已经没有选择何种生命载体的能量了,结果很悲惨,有的进入石头中,有的落入藻类中,稍微好一点的便是依附于植物体中了。"

"迈蒂姐姐,那您是怎么知道的呢?"一个花智灵人问道。

"对呀,我们难道不会改变那种结局吗?"其他智灵人也有些不解。

"迈蒂老师,"我也将自己的疑问信息发射过去,"我们地球人类非常想知道,为什么丸态思维因子能够知道我们未来所发生的事情,而我们却不自知呢?"

雅梅莉安·迈蒂笑了笑,告诉大家:"我在这里,只好给你们讲一讲宇宙间的'时间'与'时空点'的问题了。在大宇宙中,如果我们把'时间的运行轨迹'比喻成一条直线,那么,我们所在的位置,就是在'时间轨迹'过去时的一个点上面;而人类,则是在'时间轨迹'未来的一个点上面。我所讲的一切内容,就是由于分别站在时间轨迹'过去'和'未来'的点上来看的。这就是宇宙间的'时间秘密'和不同的'时空点'的秘密了。"

"再打个比方,现在,我们来看在第六度数空间层的时候,对于'时间轨迹'来讲,就是过去时;而在第六度数空间层的时候,来看我们现在的一举一动,对于'时间轨迹'来讲,就又变成了未来时了。实际上,各个'时空点上的内容'早已存在,并没有任何改变。但由于你所处的'时空点'不同,因此,它所表现出来的'时间'内容,也就不尽相同了。可以这么说,一切的历史内容与事件,实质上,都是宇宙'时间'在不断运行时所留下的轨迹而已！还有，各个时空层中的'时间点距离'也不一样。越是向外，时间的点距离就越大；而越是向里，时间的点距离也就越小。"

听到此，众智灵人才恍然大悟：原来，大家是已经回到了宇宙过去时的一个"时空点"上面了。要想改变过去已经发生的历史事件，也就是改变过去的"时间轨迹"，已非易事。这种"时间概念"，此时听起来，还是让人感到那么深奥、难解。

这时，我又向雅梅莉安·迈蒂提出了一个我们人类特想了解的问题："请问迈蒂老师，我们人类，有时将一些远古时期的化石拿来研究，是不是也站在了那个时期的'时空点'上了呢？"

"非也，"雅梅莉安·迈蒂摇了摇头，"你们并没有站在那个时期的'时空点'上，而是还在原来的'时空点'上。"

雅梅莉安·迈蒂看到大家露出了不解的神情，便又继续讲道："你们看到的那个化石，已经不再是当时的化石了，它展现给你们的物象，也仅仅是时间在它的身上遗留下来的'物质轨迹'而已。你们研究来研究去，也只能是推测它存在的'时空点'及其'物化过程'，却并不能够真实地看到它物化的整个过程。明白了吗？"

"那我们怎样才能够真实地看到它们的实际物化过程呢？"我急切地问道。

"唉！"雅梅莉安·迈蒂叹了一口气，"你们现在的人类，早已经将自己本来的面目忘怀，你们那与生俱来的特异本领也早已不复存在。在宇宙间，在'时间轨迹'的任何一个'时空点'上，除非你们自己经历的事情可以在你们的记忆中打上时间的烙印，否则，谁也不能够再回到当时的'时空点'上，去再现那时的记忆。除非……"

雅梅莉安·迈蒂把话头打住，犹豫了一下，想了想，又告诉大家说:"对于人类来讲,除了现在时的'时空点',你们可以实实在在地感受得到,而过去时和未来时,也只能是存在于你们的记忆中和幻想里罢了;你们绝不能够回到过去和将来的任何一个'时空点'中。"

"为什么?"我急忙问道。

雅梅莉安·迈蒂继续为大家解答着:"因为人类都有一个物质的载体,而且,这个载体的各种行动还存在很多限制。只有那些隐形的'丸态思维因子',才能够在过去和将来的各个'时空点'上,来去自由。这也就是人类的'色粒信息胶子'在没有居住在人体里时,所天生具有的特殊功能。你们现在之所以能够跟随我一起上天入地,而没有任何障碍,就是因为你们现在只有'巨能密度胶子''色粒子'和'音粒子',而没有'人身'这个载体的限制。"

"原来如此!"众智灵人恍然大悟。

此时,我正在琢磨雅梅莉安·迈蒂刚才说了一半的话:"迈蒂老师,您刚才话说了一半,您说'除非'是什么意思?难道还有其他什么别的办法,可以让我们回到从前的'时空点'上?"

雅梅莉安·迈蒂看了看我,又对大家说道:"我的意思是,人类除非没有了'人身'这个物质的载体,才能够随心所欲地来去,可以回到过去的任意一个'时空点'和从未来的任意一个'时空点'回到现在。"

"可是,我们却做到了用影像的形式记录过去的事情呀。"我又补充道。

"不错,"雅梅莉安·迈蒂回答,"但是,你们所记录的事情,比如说拍摄的'录像'和'电影',只能说明你们是使用高科技手段,将当时的那一个'时空点'上所发生的事情记录下来了。但过后你们再去观看这个录像或电影时,却并不能代表你们已经站在当时的那个'时空点'上了,而是应该说,你们是在用自己的肉眼(视觉神经)在现在观看过去的那个'时空点'上所发生的内容的'物像记录'而已。而且,此时你的思维轨迹与那时的思维轨迹并不能够重合。"

"还有,我的老师说,'时间'只有在我们的时空里才有意义,那在高维时空就没有意义了吗?"

"我知道你的老师是第三度数空间的高智灵,时间在他那里根本就没有意义!"雅梅莉安·迈蒂告诉我,"即使是一秒钟的时间,在那里几乎没有任何'灵觉视界'的事件发生。但在你们的物维空间里,就要流淌过无法计算的时间长河了。那里会有无数的'视觉事件'发生,时间会记录下各时空点轨迹上面所发生的千姿百态的物化内容。所以,在物维空间里,时间的运行轨迹是很有意义的。无论是对你们每一个生命体,还是一个非生命体,时间都有其实际意义。时间存在于宇宙空间的角角落落,就像你们的'丸态思维因子'一样地无处不在!只不过是轨迹长短不同、视觉方式与内容也不同罢了!"

在黑洞中继续飞降时,雅梅莉安·迈蒂告诉大家,去第七时空层,要做好思想准备,因为我们将要冲过非常坚固的第二道"生命天河屏障"。到了那个到处都是物质星球的空间能量场里面,"巨能密度胶子"和"色粒子"的物质生命载体将遍布于各处。"巨能密度胶子"携"色粒子"进入这些物质载体时,就像离开时一样,是非常痛苦的。他们一旦恢复了先天的信息思维便会发现自己竟然被一个"壳"样的东西禁锢起来,就会拼命挣扎、痛哭不止。当发现这一切都无济于事时,"巨能密度胶子"也只好蛰伏于内,将整个载体(那个壳),全部交付给"丸态思维因子(色粒胶子)"管理,而自己则等待着蓄足能量、跃出载体的时机。进入载体的这些自由自在的"色粒子",在物质载体内的生活是极为不方便的,将来他们弃体回归时，也同样要经过好几道载体防线呢！

雅梅莉安·迈蒂带领着众智灵人，继续向下飞落……

2107年11月12日 23：05

上次跟随老师在"黑色时空隧道"里，"看到"那些飘降的"巨能密度胶子"和"丸态因子"们，围着听雅梅莉安·迈蒂所讲述的那些内容，我几乎都忘记记录了。老师说，果然不出他所料！因为他在询问我时，发现我的脑思维波好像被浸入一盆糨糊！老师带我回来以后，只好一句一句地重新讲给我听，我再逐字逐句地记录下来。

今天老师不想带我去了，说我听也白听，什么也记不住，可是我还是磨着老师，要跟着他们一起体验。老师没办法，只好又将我带走，进入"黑色时空隧道"，继续上次的旅程。

雅梅莉安·迈蒂将众智灵席卷到自己的周围，向他们继续述说着宇宙的诸多秘密。我听到迈蒂耐心地给大家讲解着："我们的宇宙，就好比是一个以内镜面层为外边界的大大的球。球的外边，是无尽的黑色的虚空能量之海。除了中心以外，球里面共分为九大度数空间层，但只有七个度数空间中有智慧生命灵体。最外边的第八、九度数空间层，就是镜面空间层，那里没有任何'生命智灵体'。有关'内宇宙'的三个度数空间层，维数太多，暂时不去探讨它们。现在，只说说'外宇宙'间，有'生命智灵体'存在的四大度数空间层。

"宇宙的中心是'零空间'，那里的中心是'智灵中心'，智灵中心的核心是'智灵总库'。智灵总库将整个宇宙划分为六个'角宇区'，我们都是'智灵总库'的后代。智灵总库从每一个'角宇区'开始，分别向各个方向，分刻出三百六十个时间'角度'来。每一个时间'角度'内，又分划出三百六十个时间'分角度'；在每一个时间'分角度'里，又分划出三百六十个时间'秒角度'来。就像从一个点，向上、下、左、右、前、后六个面，分别弹射出了无数条密密麻麻的时间角度线。

"这些线与线之间的'时间角度'虽然相同，但在各层度数空间之间，线与线之间的'时间点距离'却各不相同。越靠近零空间，'时间点距离'越短；反之，离零空间越远，其'时间点距离'则越长。他们随着各度数空间层数的增加，其'时间点距离'是各以三百六十倍的倍数递增的。

"打个比方，零空间到第一时空层，再到第二时空层。同一个'秒角度'的'时间点距离'，在各时空层却各不相同。如果在'零空间'，一个'角秒'的'时间点距离'是一天的话，到第一度数空间层的'时间点距离'则是近于一年（地球时间360天）；如果在第一度数空间层过一天的话，到第二度数空间层的'时间点距离'同样是近于一年（360天）；但对于'零空间'来讲，这里的一天，在第二度数空间层则已经是十二万九千六百天了，也就是大约三百六十年的'时间点距离'了。

"所以，在各时空层之间，虽然层与层间的'纵距离'相同，但在同一角度下点与点之间的'时间距离'，却相差三百六十倍！这就是宇宙中心的宇心'角度时间'点距离与空间各点之间的距离最为简单的'宇维概念'。"

我问老师："老师，点与点的距离不是长度吗？怎么又可以用时间来计算呢？"

老师说："这要区分那两个点是在时间内，还是在空间内。在空间内的点与点的距离当然要用长度来计算；但如果是在时间内的点与点的距离，就必须用时间的长短来计算了！"

我又问道："那我们人类的寿命与众位智灵长辈的寿命是怎样计算的呢？"

只见老师沉默了一会儿,微笑着对我说道:"有人常说'智灵子'的寿命很长,那是高时空层相对低时空层而言的。每一个时空层的生命灵体的寿命,都因其所在时空层的不同而有所差异。大家虽然都是生活在同一个'宇心角度'中,但在各自生活的度数空间层里的每一个生命灵体,在各自的时空点上运行的'时间轨迹'的距离,却是长短各异的,因而,他们的生命周期也是不相同的。我们就是这样在同一个'宇心角度'时间中,以点与点的运行轨迹距离的长短来计算每一个生命灵体的寿命的。"

老师讲完了这些,长长地吁了一口气。而我却还在默默地计算着那三百六十倍数的特殊的"时间点距离"与各自的寿命问题。(太难算了!这也太浪费脑细胞了!)

我的思维频率突然调高,跟老师嚷嚷开了:"这一个时空层、一个时空层算起来,多麻烦啊!干脆,我就记着上一时空层和下一时空层的'时间点距离'不就方便多了!层数太多也算不过来呀!"

老师的信息频率与我的产生了共振,也说:"依我看呀,你就记着你们对应的第六度数空间层的'时间点距离'就行了(第六空间层的一天,等于我们的360天),也没必要去记上几层空间的时间了,记了也没用啊!"

"宇维概念……"我忽然想起了这么一个概念,自言自语地叨唠出来了,于是有些疑惑地大声问老师,"请问老师,在大宇宙间,什么是'四维空间概念'?什么是'宇维概念'?"

老师对我说道:"将你们的三维立体空间,再加上一个'弹力场'态,就是'四维空间'。在高度数高维数的空间层里,时间并不能算是一个'维',它有很大的随向性,又无处不在,只能说,时间在你们的物维密度空间里才有一定的实际意义!该怎么向你解释呢?"

看来我的问题也把老师难住了！实际上是老师无法将"高维度概念"给我们这些"低维空间"的人类讲述清楚。老师陷入了沉思，我静静地等待着他的回答。

沉思良久，老师为难地对我说道："因为你们人类长久地生活在'三维密度空间'里，所以，要给你解释清楚什么是'多维密度空间'，就好像给你们彻底解释清楚什么是'命运'一样困难，那不是一件容易的事情。这样吧，我来给你做一个比喻。比如，我们将一个'多维密度空间'看成是一间大房子，里边装满了各种物品，智灵总库核心决策人和众高智灵长辈，就是这个房子的主人。在这间房子里，无论什么时候，房间主人只要想看这个房间的任何地方，他都可以随心所欲地看清楚。而且，他还可以亲自到房间里的任何一个地方去巡视。生活在这个'多维密度空间'里的主人们，将那些生活在三维或二维密度空间里的众'生命生物体'，比喻成一个个小小的'蚂蚁'。在这间房子里，所有的蚂蚁们的运行轨迹，房间主人们都能够看得清清楚楚，而蚂蚁们对众智灵主人们的行为轨迹，却永远也弄不明白。如果有位智灵先祖在蚂蚁们的运行轨迹的前方设置了障碍，那它的运行轨迹就要改变。对于这一点，智灵总库决策人和众智灵先祖是非常清楚的，而低维度的蚂蚁们却无论如何也不会知道自己将来的命运轨迹，会在未来的哪一个'时空点'上转折，又会在哪一个'时空点'上结束。这就好比在鱼缸里面养的鱼生活在一个维度中，永远弄不清鱼缸外面的多维高密度世界到底是什么样子。我这个比喻，虽然不太恰当，但其中的道理却是一样的。这间大房子，对众多的低维空间的'蚂蚁'来讲，就是一个多维高密度空间的'宇维概念'了。"

我今天听了老师的比喻，对"多维高密度空间概念"的解释有点儿明白了。看起来，我们生活在地球上的人类，要想弄明白"多维高密度空间"里的"高级生命灵体"的生活真相，还真不是一件容易的事情。

达蒙·卡莱尔看到此处不由得有些兴奋起来："我们所处的空间是一个三维空间，一维、二维的概念我们明白，加上'弹力场态'维度的四维时空也大致明白了，但真正的四维空间是个什么样子呢？"

"我想起来了！"达蒙一拍脑门，惊喜地叫了一声，"我记得曾经看到过一则著名的历史事件，是在二十一世纪发生的事情，一架大型客机突然失踪，经过九年时间，这架客机又突然出现在蓝天之上，并且安全着陆。"

达蒙还记得，当时搜寻到那篇报道时很是惊讶！那些飞机乘客和所有的机组人员竟然都不知道在自己身上发生了什么，他们并没有感觉到时间过去了那么久！

达蒙博士正在聚精会神地回忆着，突然闪现出一团刺眼的光团，那个光团一闪一闪地传递出这样的信息："你们所议论的那架飞机，当时从你们的视觉事件位置上消失了，但是却在你们的另一个四维空间出现了！这种维度空间的转换，对你们来说是一个视觉误区！但对我们而言，却是从一个你们看得见的物维空间，转到了一个亦虚亦幻的超视觉空间。"

虽然不是那种听觉神经以往听到的熟悉声音，达蒙却能够清楚地感觉到强烈的信息波在震动！在震动的频率解读中，达蒙终于了解到那架客机失而重现的真相！这则消息当时引起了轰动，尤其是让那些一度因为失去亲人而痛苦不堪的人们感受到了强烈的震撼！

达蒙拿着日记在继续翻阅。

|第十二章|
寻找布拉克·奈森之旅

2107年11月26日 23：00

　　上次老师给我讲了宇宙的"时间概念"和"宇维概念"，弄得我脑子挺乱的，今天我特别想让老师带我出游。没想到今天特使老师到来以后，无论我怎么哀求，他都不同意带我出游了。因为我"出游"回来记不住任何有用的内容，还要他在这个时空层多逗留时间给我讲解。他说长此以往，他的生命能量会减退的。我只好老老实实地听他给我用同频率的信息波来传达讲课的内容。

　　我用思维波问老师："您让我在'宇天全息微缩法'中，仅仅看到了智灵总库使大宇宙膨胀与收缩的实景，但我们不知道，总库使宇宙膨胀后再收缩的动力来自何方？"

　　"这个……"老师犹豫了一下，接着，便又亲切地告诉我说，"实际上，在每一个大宇宙之中，都有一个同我们所知的'阳宇宙'相对应的隐形'暗天体'存在。当智灵总库带动'阳宇宙'旋转膨胀时，则对隐形的'暗能量天体'就会有一个挤压收缩的反作用力。当'阳宇宙'膨胀到一定极限时，'暗天体'也会被挤压到一定极限（阴零点），而会产生一个相反的旋转膨胀的反弹动力。这时，'智灵总库'就会带动着被'暗天体'挤压的'阳宇宙'一起，再旋转、收缩，回归到零点（阳零点）上，完成宇宙的一个宙岁周期。如果，你们将我们的'阴性智灵中心'所统领的物质宇宙，看作是一个'纯阳性宇宙'的话，那么，你们也可以将那个'暗天体'，看作是一个'纯阴性宇宙'，也可以将她称之为'暗宇宙'，统领她的则是一个'阳性能智灵中心'。这个整体的

'大宇宙'，就像是你们人类所谓的'正负共体宇宙'一样。而统领'纯阳宇宙'和'纯阴宇宙'（即阳宇宙和暗宇宙）的'智灵中心'，就是各半宇宙能量场内的两个'能量核心'，他们分别是一个'阴性智灵中心'和一个'阳性智灵中心'。我们的'阳宇宙'由一个'阴核母'来统领；而'阴宇宙'，则是由一个'阳核母'来统领的。这就是大宇宙间的'大平衡定律'，也就是'阴中有阳，阳中有阴'的宇宙正负大平衡法则。实际上，我们所说的'智灵总库'是一个正负共体，就是'阴、阳宇宙'之核心，他所统领的是统一的大宇宙，包括你们的'物质视觉神经'所见的'阳宇宙'和'丸态思维因子'可见的'暗宇宙'这两个对立的宇宙。这不仅仅是每一个独立的大宇宙都要遵守的宇宙大平衡法则，就是在各个时空层中，也一样是要严格遵守这个正负平衡的'宇宙法则'的。甚至，就是在将来的人类和各种动植物体中，也无一例外地要遵守这个阴、阳平衡的宇宙法则。"

"这就对了，我们人类是有一个带鱼眼睛的'太极正负图'，它可能就是代表大宇宙的这一个大平衡特性。"

我若有所思地不住地点着头，对人们所见到的那个"太极阴阳图"的内涵，也就有了更形象的理解。

我突然有一个奇怪的想法，自言自语道："老师，如果说我们人类所处的是一个'阳宇宙'的话，那雅梅莉安·迈蒂就是这个阳宇宙的智灵中心的'阴性能量核心'；要是我们原来所处的那个第六度数空间层，是一个'阴宇宙'的话——那罗蒂波度，就是那个宇宙的智灵中心的'阳性能量核心'喽。"

老师听了我的话，不由笑道：

"那不叫宇宙智灵中心的'能量核心'，而是各时空层的智灵中心'能量核心',或者是分正负能量的'核母决策人'。"

记录完之后,我静静地思考着:原来我们生活着的宇宙中还有一个看不见的"暗宇宙",我们正在挤压那个看不见的暗宇宙,有朝一日,它被挤压到临界点时也会膨胀,反过来再挤压我们这个阳宇宙。那时,我们就会感觉到宇宙不再膨胀,而是在收缩了。

达蒙看着这篇日记,对一直在寻找宇宙膨胀的原动力问题上,好像有了一些新的启迪。

……桥:一只飞越死亡的巨大铁鸟……
——特朗斯特罗姆,李笠译(选自《特朗斯特罗姆诗歌全集》)

2107年12月7日 23:10

进入12月了,这一年也就快过去了!我等着老师再次降临,不知今天要给我讲什么宇宙知识。

老师来到我面前,对我说要给我讲雅梅莉安·迈蒂带领众智灵人来到七时空层的所见所闻。我以为老师要带我去"现场",高兴地等待着,不料老师让我拿好笔记录。

下边是老师给我讲课的内容:

后来,雅梅莉安·迈蒂率领几位"巨能密度胶子"智灵人,同罗蒂波度偷带下来的一些小智灵人合成一体,将一些专门负责环境改造的幼小智灵人严严地卷裹在当中,迅速地向目的地——第六角宇区第七时空层飞落而去。

他们在黑色时空隧道内,在智灵总库核母宇光团的帮助下,伴随着"噼噼啪啪"激烈的爆炸声,冲过了一道道天网,最后,他们终于成功地越过了第二道"生命防线",继续向下飞落……

飞降的众智灵人,只觉得亮亮的橙红色,在逐渐地变暗,变红……

突然,他们听到"砰"的一声巨响,关闭着的黑色时空隧道屏障,被他们冲开了,他们来到了地角宇区第七时空层。同时,智灵总库的"灵宇能量团"瞬间转化为一架隐形大飞碟。

老师问我:"你知道你们的时空层是什么颜色吗?"

我说:"您说过是红色的,可我夜里看到的是黑色的,白天是蓝色的。"

老师说:"不错,是红色的。为什么你夜间看到的是黑色的,这等以后我会讲给你听的。"

他继续讲课……

他们来到你们这个时空层,发现竟然是暗暗的红色,到处飘荡着巨大的有形物体。它们相撞时,会发出耀眼的红光。

远处还有一团一团的亮晶晶的碎珍珠、水晶、宝石似的聚合体;有的还聚成了长长的一条带子形状的集合体。

雅梅莉安·迈蒂带领大家,来到一团亮石头跟前。她对这一大团亮石头进行了目测:长足有四十万个千秒差距,约为十三亿零四百六十四万光年;宽约有六万一千三百多个千秒差距,约为二亿光年的距离;厚约有四百六十个千秒差距,约为一千五百一十万光年之遥;整个形状,远远望去,就好似拱起的一座桥。

老师问我:"你猜他们看到的是什么星团?"

我说:"我又没有看见,您又不让我去看。"

老师说:"你把眼睛闭上。"

我闭上了眼睛……

"哎呀!这不就是我们曾经探测到的那个命名为'壁垒'的星团吗?"

老师说:"当时,他们对此还争论过呢!"

老师虽然没有带我到他们那里去身临其境地观看,但此时老师又将我的思维信息波段调到了与他们相同的频率,我们的思维产生了共振,我"看"到距此遥远的众智灵人,并"听"了他们的对话:"这一大堆亮石头,我们叫它们什么呢?"

"就叫桥!"

罗蒂波度看了雅梅莉安·迈蒂一眼,他看到鼓励的目光,于是下决心似的说道:"这堆亮石头就叫星星吧!"

说完,他又看了一眼雅梅莉安·迈蒂。

雅梅莉安·迈蒂等大家议论完,总结道:"在这里,所有生命灵体和非生命灵体,都是有形的、物质的,像这些大石头样的东西,我们就称它们为星星。但众星的聚合体在这个空间也很多,我们何不将这些聚合体也取上名字,将来,我们有机会云游这个时空时,也好有个标记啊!"

"对!给它们也取个名字!"众智灵人都赞同。

罗蒂波度又兴奋起来:

"远看它像个桥,近看它像垒起的墙壁。我看,叫它'壁桥'或'壁垒'好不好?"

"叫'壁垒'!"

一个小智灵人说。

"叫'壁桥'!"

另一个小智灵人反驳说。

雅梅莉安·迈蒂望着远处的一个地方,笑了笑说:

"我们权且称它为'壁桥'吧!对啦,快看!地球星上的人类在二十一世纪发现它时,已经给它命名为'壁垒'了!"

不可思议!真是不可思议!雅梅莉安·迈蒂在那么久远的时空

中，就已经知道二十一世纪的事情了!

看到这里,我在心中对老师说:

"也许,雅梅莉安·迈蒂当时在'多维时空'中,肯定是早已经看到我们二十一世纪的那个'时空点'了,她也肯定是看到我们发现了这个星团,并将其命名为'壁垒'了。但他们此时此刻,是在过去的一个"时空点"上的呀!"

老师赞许地说道:"不错!"

我看到大家离开"壁桥"星团,打算继续寻找布拉克·奈森时,海智灵人忽然发现了什么似的,急忙呼唤众智灵人:"你们快来看,这桥上有水珠!"

众智灵人在第六度数空间里从未见过有形的水,见到的都是虚幻的。

大家听到海智灵人的呼唤,纷纷重聚到"壁桥"跟前,循着她手指的方向,仔细地端详起来。

罗蒂波度看到水珠,非常兴奋:"看起来,布拉克·奈森是从这座桥上走过的。因为到了这里,他所到之处,皆有成形的水出现。"

花灵子高兴地说:"我们顺着有水的地方找,准能找得到布拉克·奈森。"

"不错,我们赶快去找他吧!"山灵人在前边催促着大家。

众智灵人离开了巨大的"壁桥"星系,又开始在七时空中继续寻找布拉克·奈森的踪迹。

我将眼睛睁开,老师让我将自己"看到"的内容描绘出来就行了。

这一次主要是看到了来自第六空间的众智灵人降落到了我们这

个七时空层,在此过程中见到了"壁垒"星团。我只是奇怪雅梅莉安·迈蒂是怎样知道我们现在的命名的。

2107年12月11日 23:55

今天老师来得真晚,我都睡着了,被老师唤醒。我揉着眼睛,望着老师,问:"刚过了几天就又记录?"

老师告诉我说:"我给你讲月亮船的故事。"

记得我们人类不断地造访月球,今天听老师说来给我讲月球的故事,我一下子来了精神,拿起笔准备记录。

老师缓缓讲道,这要从上一个宇宙时期说起……

在宇宙三宙岁时,为了外飘的众智灵子顺利回归,第一度数空间六个角宇区的A级空极能量团,共同幻造出一只半隐半现的大"月亮船"。智灵总库将这只月亮船顺着黑色时空隧道径直发往第七时空层(当时叫"赤幻天"),并停留在那里,等待了约一百八十亿年之久。

当智灵总库发出第三次"回归指令"时,宇宙中心"零空间"便开始收缩,他的众子孙后代智灵们接收到回归指令后,便纷纷登上了"月亮船",沿着连接七大时空层的白色时空隧道,返回了第一度数空间层。后来,又回归到"零空间"的智灵中心,进行宇宙间所有"信息智灵子体"的大融合与净化。

但是,那些还没有来得及登上月亮船而掉入"黑洞"并被甩落到镜面层的"智灵粒子体",则落入无止境的黑暗之中,被那里的负能量场所吸融,难以顺利地返回家园了。

当时,回归的月亮船就放在第四角宇区的智灵中心,作为第三次回归的档案资料保存起来。

后来,当宇宙开始进行第四次能量释放时,两个正负宇宙又开始了新的膨胀与挤压。

每次回归，"宇宙高能智灵信息总库"核母决策人都以他那强大的高宇能，将所有回归的智灵子们和宇宙间八大时空层中的一切，同自己融为一体，成为一个大大的"正负宇宙巨能高密度智灵子体"光团，大宇宙重新又归于"零"的一个点，在这个点内，不断酝酿着新的正负暗虚能量的对撞，所有回归的智灵子又重新归融于"智灵总库"高能量高密度大光团。

当宇宙第四次开始重复"能量释放——膨胀——静止——收缩"时，智灵总库又重新划分了六个大角宇区，仍然让被他分离出来的六个高能量团，分别去统领这些角宇区。

按照宇宙三宙岁时原有的信息记忆，"宇宙高能智灵信息总库"仍然新造了一只"月亮船"，等待着下一次的智灵集体大回归。

我特别想看看那个"月亮船"是什么样子。可能老师已经感知到我思维中的震动波，马上将它打断，继续给我讲下去。

当时，智灵总库总指挥从智灵总库的总卫队长——卡尔·金菲利那里了解到，在地宇第七时空层（赤幻天）的三级能量场空间中有很多"黑洞"，即使宇宙重新开始第四宙岁，在那个时空层中还仍然有许多看不见的"暗物质"和"黑洞"存在。将来，万一再有后代智灵子们卷落到那里时，也难免会陷入其中，被甩到宇边之境，难以顺利返回家园了。那些被甩落在宇边之境的"智灵粒子"，将会成为智灵总库核母决策人心中永远的"遗憾"！

为了防备将来再有后代子孙们的"智灵体"，落入"宇边之境"，智灵总库核母总指挥决定将三宙时总卫队长——卡尔·金菲力的智灵体重新分离出来，让他率领着百万高能"智灵粒子"，随着宇宙的膨胀，仍然开赴第六角宇区的第七时空，驻守在三级能量场的四维空间内,时时刻刻巡视着智灵总库核母总指挥重新在那里设置的第二道"生命天河屏障"之门。将来,一旦有后代子孙跌落到那里去,也好为他们指路引航。

就这样,三宙岁的卡尔·金菲力,将永远成为这个时空的巡天铁骑。

当时,赤碟特使(也是一位高能量智灵子)正站在智灵总库总指挥的面前,等待着他发出召唤信息波,将银碟特使(同样也是一位高能智灵子)招来接受派遣。

银碟特使应召而至。

银特使见过了总库总指挥,又同赤碟特使打了招呼。银碟特使问总指挥:

"您急召我们兄弟两智灵,有何急事要办?"

智灵总指挥回答他说:"两位特使!因为我们的后代智灵粒子——小布拉克·奈森,私自下到地宇七时空层去创业,那里极其危险。我打算派你兄弟二智灵为本次宇宙特使,去替我办两件事。"

"哪两件事?"

二智灵还没等智灵总指挥说完,就异口同声地齐声问道。总指挥告诉他们:"别急,这两件事,你们要分别去办。办好之后不要久留,我自会打开白色时空隧道,及时吸回你们。"

第三度数空间层的两位宇宙特使——赤碟特使和银碟特使,满怀欣喜地听着核母总指挥给他们下达的指令:"赤特使此去的任务是找到布拉克·奈森,带他越过'生命天河屏障'。之后,再将他引至太阳系的'警戒星球'上,等待银特使完成任务后,便即刻返回;银特使此行的任务只有一个,将'月亮船'带至'警戒星球'上空约384400千米处,调试好对它的引力。然后,再对准十二位月船调试官的频率。你完成这项任务之后,即可同赤特使一块返回了。"

两位宇宙特使听后,想留在警戒星球上,同大家一起创业,但智灵总库总指挥没有答应他们,他说:"你们不能留下!因为你们每飞落一时空层,宇宙能量就会损失三级,尤其是穿越那两道'生命天河屏障'时,消耗的生命宇能就更多了。还有,在低时空层里生活的时间越久,生命能量损失的就越大,而且,返回时需要的能量也就越多。第三度数空间层少了你们两位C级阴极能量团,就会失去平衡了。"

银碟特使表示听明白了,之后一起去取"月亮船"。

智灵总库总指挥,将两位特使取来的"月亮船"接过来,仔细地端详了一番,用具有强大宇宙能量的暗物质,将船儿揉成了圆圆的形状,又将它的背面掏空,设置了许多人类看不见的具有接收高、低频宇宙射线与光波、声波振动频率的隐形功能仪器进去。

之后,又用有强大隔离功能的"宇空磁离子"膜,覆在"月亮船"的背部表面。

两位宇宙总库特使,好奇地看着总库总指挥对"月亮船"所做的一切改进,不由感到奇怪,就向总指挥询问说:"您把月船这么一改,岂不成了球形?把它放在'警戒星球'上空,到底有何用处呢?"

总库总指挥告诉他们说:"它上面有强大的定位系统,它能保证那些将来生活在'警戒星球'上的后代儿孙们的安全,能牵引着他们所在的星球,不脱离自己的运行轨道,能让我们很容易地找到他们的星球。船儿经这么一改动,它还能随时监测与调节'警戒星球'上的自然环境,使那些有载体之后的孩子们能够很好地生存下来!"

那两位宇宙特使听完之后,还是有些不明白,他们又问总库总指挥说:"我们不明白,雅梅莉安·迈蒂他们找到布拉克·奈森之后，不就可以回来了嘛，为什么还要让他们在那里生活下去呢？"

对于他们的这个问题，当时总指挥犹豫了一下，并没有回答。

老师问我："灵儿，你知道总库总指挥为什么没有回答他们吗？"我摇了摇头。

老师继续给我讲……

原来，智灵总库总指挥并没有忘记在总库"绝密档案室"内，还保留着一份第五时空层的"绝密档案"：在布拉克·奈森之前，还有一个高能智灵子冲破了两道生命天河的屏障，在警戒星球上落户并生存下来。这是因为宇宙运行轨迹同他们的生命运行轨迹产生了一个交汇点，不是一般能力所能改变的！总决策人不想逆转时空、违背宇宙规则行事，主观改变宇宙中各种智灵子命运的运行轨迹。就在这时，银碟特使的一句问话打断了智灵总库总指挥的遐思。他问道："如果那船儿没有人管，它会自己调节、测试工作吗？"

智灵总指挥笑着告诉他说有人管。

我说："我知道，肯定是那十二位月球调试者！"

老师点点头，继续讲下去……

原来她们十二位调试官都是女月球长官，每个人工作一个月，这是按照我们这个时空层的时间概念而言；她们十二个人的工作时间加在一起，正好是一年的时间。

赤碟特使与银碟特使听了智灵总库总指挥官的这一番话，似有所悟地点着头。

当时，银碟特使觉得月亮船那么大，无法带往警戒星球。总库总指挥笑了笑告诉他说："它拿在你手里，就会小如弹丸；在七时空层，离开你的手掌时，便会膨胀成直径为3476千米的大月球了。"

智灵总指挥感觉到布拉克·奈森已经离开了第六度数空间层。

于是，他用宇宙暗能量波，将通往七时空的黑色时空隧道门打开，送两位宇宙使者去七时空层。二位宇宙特使不约而同地听到了一声惊天爆响，不由得向后退了一步，感觉隧道内很可怕！

智灵总指挥体察到他们的恐惧，急忙安慰他们道："不用怕，孩子们，这是我将内、外宇宙之间的隔离网和两道'生命天河屏障'打开了。这样，你们就不用分段走了，沿着此通道，仅一眨眼的工夫，就会出现在布拉克·奈森的面前了。"

接着，他又将寻找"警戒星球"的途径详详细细地告诉了二位总库的特使。

最后，智灵总指挥还特别着重嘱咐他们道："你们到了七时空之后，在三级能量场四维空间，会遇到我派去守候'生命天河屏障'的两个有着相同生命密码的'哨兵队长'——卡尔·金菲力。他们在银河王国的南北边缘，各派去六百万'银河铁骑卫兵'共同管辖着银河王国。"

我插话问道："老师，侍卫队长金菲力为何没有回归？他们整个卡尔家族也没有回归吗？"

老师告诉我："因为，七时空中'天河屏障'所在的三级能量场四维空间，是他们卡尔家族上次征服、开发的领域。发现那里有很多黑洞，他们为了给你们将来引路，不愿放弃这片领域，后来就被智灵总库派到那里，继续守护这个空间和第二道'生命天河屏障'。同时派卫兵监管着无数的星系与星座。"

"那雅梅莉安·迈蒂和布拉克·奈森他们下去，二位金菲力队长，是否可以帮助他们呢？"我又问道。

"他们不会轻易离开天河屏障的边界，但接到七时空智灵中心的命令之后，会派卡尔家族卫队下去，帮助雅梅莉安·迈蒂他们的。"

"银河系王国的国王，又是哪一位呢？"我很好奇。

"整个银河系,皆在卡尔家族的掌控之下。也可以说,卡尔·金菲力就是银河王国的总指挥官。"

"布拉克·奈森的私自下界,使得雅梅莉安·迈蒂不得不带领着众智灵人到七时空层去寻找他。同时,也不得不在那里创业并生存下去了。实际上,雅梅莉安·迈蒂便是七时空层智灵中心的总指挥。这是诸时空当中最难统领的时空层了。因为,在此空间,将会混杂进各种低频率的负能量'丸态思维因子',它们会循着相同的低频率与之共振,去侵害你们这些'有形生命灵体'的神经系统,进而侵害你们的物质载体,减损你们的生命能量。"老师耐心地给我解释着。

我问道:"老师,您能帮助他们回归吗?"

老师说:"不能,因为灵与肉分离靠自己,我们只能到时打开通往'零空间'的捷径——白色时空隧道,回不回家,只能靠他们自己了。"

"您的意思是,到了回归时,也会有很多智灵粒子回不来?"

"是啊!这些有了载体的人类放不下有形的一切,在他们的潜意识中,还会时时贪恋有形的各种物质享受。一念之差,便会失去回归的机会!他们只有不断地提升自己的宇宙能量,才能在回归时,顺利地突破'生命天河屏障'的阻碍;他们也只有不断地调整自己的'思维信息波频率',并净化它,才有可能知道'白色时空隧道'开启的时间和地点。"老师说。

我说:"你们将'白色时空隧道'永远打开着,我们不就可以随时回归了吗?"

老师说:"由智灵总库所管辖的大宇宙,是有其自身运转规律的。要知道,宇宙律条不能逆,总库的法规不能违,天时不能误。即使'白色时空隧道'永远打开着,如果'思维信息波'不够纯净、生命能量级别不够高的话,也会受到干扰,是找不到'洞

第十二章　寻找布拉克·奈森之旅

口'的。"

老师继续讲道，当两位宇宙特使就要进入黑色时空隧道洞口时，智灵总库总指挥的意识思维波又传了过去，告诉他们：

"记住，布拉克·奈森所到之处，皆有水迹出现。到了'警戒星球'之后，劝他不要发怒、悲伤，否则，将会出现大水漫星之灾！你们要切记！切记！"

当时，智灵总库总指挥，望着就要到外宇宙七时空层的两位担当重任的特使，有些恋恋不舍，当他想到布拉克·奈森的危险处境时，便毫不犹豫地将他们带到直通七时空的"黑色时空隧道"的洞口，眼看着两个特使被吸入"黑洞"内，径直到达七时空层了，才又将内宇各空间层旋转，使隧道层层关闭、消失得无影无踪……

老师讲完后，我久久回不过神来。原来宇宙间会有那么多的危险！还会有高智灵的巡天守卫——卡尔家族在保护着我们！

想也白想，我也到不了银河边上啊！别说银河系了，就是重力极大的地球我们也不能轻易地离开呀！

还有，我们的月球，原来是智灵总指挥亲手创造出来的呀！

这篇日记阅读完之后，达蒙·卡莱尔陷入沉思：这篇日记中告诉我们月球一个新的起源，这种说法确是一种新的提法。记得以前我们曾经提出过四种假说，有"分裂说""俘获说""同源说"和"宇宙飞船说"。现在又多了一种"智灵人制造说"。

达蒙急于要看那两位宇宙特使是如何将月球送到地球上的，又翻开了下一篇日记。

2107年12月17日 23：15

总库特使老师今天又来给我上课了，他告诉我，这一次将带着我看飘降的各位"智灵人"在第七时空层游历的情景。我好多天都没有跟随老师出游了，心情特别高兴。我在暗红色的空间，看到了已经有了人类光影的众智灵人。

众智灵人离开了巨大的"壁桥"星系团，踏上了寻找布拉克·奈森的旅程。

当时布拉克·奈森一个人离开了第六度数空间层以后，经历了"黑色时空隧道"内电离、磁暴的撕扯，当他终于临近第二道"生命天河屏障"时，却被眼前的景致吓呆了！

只见一层层一道道密密麻麻的"磁粒子玄波网"横在了眼前，里面接连不断地划过"噼噼啪啪"的闪电弧光，接着，就传来一阵阵"轰隆隆"的雷爆声……

那刺目的弧光，震耳的雷声，将布拉克·奈森挡在了"天河屏障"的边上！（我的隐形"丸态思维因子"也不敢向前凑，只是跟随老师远远地观望着。）

真是天无绝人之路！

就在布拉克·奈森无计可施时，突然，一道光波从天而降！在光的照射之下，玄波网中间露出了一条长长的隧道，里面虽然也有电闪雷鸣，但却是有密有疏。布拉克·奈森朝着隧道望了望，便毫不犹豫地一头扎进了洞里。他边躲避着雷电的密集处，边小心地飘飞前进。最后，他终于成功地越过了那道可怕的"生命天河屏障"。

布拉克·奈森当时还不知道，他见到的光波正是"宇宙高能智灵信息总库"为雅梅莉安·迈蒂他们射出的"灵宇之光"！这道光，为他挡住了"天河屏障"里的各种雷电爆。

我"看见"他飘飞到了七时空的二级生命能量场的七、八维空间，后来又经过了巨大的"壁桥"星系团。

当时,奈森看到自己所行之处,皆涌出了漂浮着的珍珠般晶莹的水珠,不由得一阵狂喜。他终于知道了自己所统辖的"水"是个什么样子了。

　　布拉克·奈森将几滴水珠抓在自己的手掌心里,举到眼前,仔细地观看起来。(布拉克·奈森竟然连最普通的水都没见过!)

　　不大工夫,只见那几滴水珠渐渐地融在了一起,变成了一汪水,并从他的手指缝间不断地滴落下来。

　　我感觉到布拉克·奈森忽然很想尝一尝水的味道,见他将掌心中剩下的水捧到了嘴边,伸出舌头试着舔了一下。他有了一种奇怪的感觉,竟然尝出了手心中的水的滋味,却是甘甜无比!

　　布拉克·奈森慢慢地品味着水在口中的感觉,不由叹息道:

　　"原来我所掌控的水是这个样子呀,它的滋味是那样的特别!这在第六度数空间层里,是永远也见不到、品尝不到的。"

　　他高兴极了,用力地挥了一下自己的胳膊,竟然又看到了臂膀的光影形状。他禁不住又低头看了一下自己,发现自己已经有了人类的朦朦胧胧的光体。(我也发现布拉克·奈森已经不再是光团了,模模糊糊地有了个人影形状的光体,是个名副其实的"智灵人"了!)他刚才在黑色时空隧道中的孤独与恐惧,此时,好像已经全都抛到九霄云外去了。

　　布拉克·奈森乘兴继续向着七时空的五、六维空间飞落。最终,他飘落到一级生命能量场的四维空间。

　　远远地,布拉克·奈森被一大串密密麻麻、闪闪发光的珍珠般的巨石群挡住了下降的云路。

　　布拉克·奈森见这一大串巨石群太长、太大、太多了,自己无法继续前进了,只好又飞升起来,从高空中远远地俯视着眼下的一切。

正在布拉克·奈森一筹莫展之际，突然眼前一亮，有一红一白两个明亮的光团，稳稳地落在了他的面前。

再仔细一看原来是"第三度数空间"的两位飞碟特使，飘落到布拉克·奈森面前！孤立无援的布拉克·奈森，此时高兴得蹦了起来，一阵急雨也随之而纷纷飘起。他一把拉住两位宇宙特使，问道：

"二位特使先生，你们怎么找到我的？我正感到害怕的时候，你们就出现在我的面前，太好了，太谢谢你们了！"

二位宇宙使者，将自己来到这里的原因以及肩负的任务，都详细地告诉了布拉克·奈森。

布拉克·奈森高兴地说："二位特使向下看，这些巨石群挡住了我们的去路，这该怎么办？"

二位特使向下观望了一阵，笑着对布拉克·奈森说："水灵人，你看，我们都有了隐隐约约的人体形状，成为了'智灵人'，说明我们已经来到了第七时空层的四维空间了。"

紧接着，他们指着一片片的巨石群，告诉布拉克·奈森："水灵人，这些巨石群珍珠串是由几个大的'超星系团'组成的。"

布拉克·奈森听着两位特使向他介绍着眼前的一切，感到既兴奋、又好奇。

正当他们三个"智灵人"寻找着继续飘落之路的时候，突然看到远处，有十几个橙色的光团向自己迅速地飘飞过来了。（我也发现了！但好像比在隧道中的光团少了很多。）

待众光团飘近了一看：原来是雅梅莉安·迈蒂、罗蒂波度和海智灵人及几个花灵人来到了面前。布拉克·奈森一见到众智灵亲人，不由得心头一热，"哇"的一声大哭了起来。

随着他的哭声，顷刻之间，大雨如注。

这可急坏了二位宇宙使者："水灵人，别！别！快别哭！你这

第十二章 寻找布拉克·奈森之旅

一哭,就会大水不止!"

大家也劝慰着布拉克·奈森:"布拉克·奈森,我们都是来找你的,快别哭了,找到了你,大家在一起,也就放心了。你看,你这一哭,大雨滂沱,你别给我们的路途上设置水障碍呀!"

布拉克·奈森看着倾盆大雨,不由止住了哭声。

说也怪,大雨竟然也随着他哭声的中断迅速止住了。

智灵人们见雨停住了,不禁欢呼了起来。

大家马上又集合在一起,边向下飘落,边听着两位飞碟特使,为他们讲解着众繁星的来历。(我也飘在一旁聆听飞碟使者的讲解,跟随着大家来到了三、四维空间的交界处,我总有一种被什么力量拉拽的不适感觉呀!可能来到弹力空间膜了。)

原来,这个时空层中众多五彩缤纷、漂浮着的繁星,皆是智灵总库在"零空间"里的杰作。

他发射出高能量的七彩霞光团——"宇能光子束",径直穿透了各层空间的能量场,在到达七时空之后,又将"宇能光子束"聚散了几次,才迸裂而成的。

然后,智灵总库又将其中七颗闪耀着蓝绿色光芒的星块,经互相碰撞、摩擦、爆炸了三次之后,融成了圆圆的"警戒星球",并围绕着太阳星球不停地转动。

这些灿烂的繁星,因其吸收宇宙高能量的多少不一,放射与反射出的光能也不一样,致使发出的星光,也有强有弱。

赤碟特使飞在前边,指着不远处的一大群巨星石,对众智灵人说道:"孩子们,你们看,我们现在面对的是'武仙座超星系团'。"

话音刚落,他又像突然想起了什么似的,扭头对身旁的罗蒂波度说道:"罗蒂波度,下边我和银碟特使一起,将你们所要经过的几'大星系团'一一指给你看,智灵总库的'七层天星际档案室'请你们来为它们命名。"

说完，看着罗蒂波度，等待着他的答话。

众智灵人都高高兴兴地答应下来跟在二位特使身后，绞尽脑汁地为下面的'星系团'命名。

经过"武仙座超星系团"，众智灵人又来到一处大超星系团跟前，一个花智灵人用思维信息波向雅梅莉安·迈蒂询问此星团的名字。

不大工夫，雅梅莉安·迈蒂的思维信息波传来："此星系团，你给它命名为'双鱼——英仙座超星系团'好不好？"

花智灵人于是高兴地为此超星系团报上了新名："双鱼——英仙座超星系团！"

智灵人们又继续降落。

赤碟特使指着前边的一大团星云说道："'警戒星球'就在那个大超星系团中。"

众人一听，加快了飘飞的速度。

罗蒂波度指着那个大星团，又问雅梅莉安·迈蒂："前边的那个大星团，我们该称它什么呢？"

雅梅莉安·迈蒂回道："特使刚才不是说了嘛，我们要找的星球就在那里边，这是我们的立足之本，就称它为'本超星系团'吧！"

罗蒂波度高兴地表示赞同："对，那团星云是我们的立足之本。"

罗蒂波度与雅梅莉安·迈蒂，又为"本超星系团"命好了名字。

智灵人们飞到"本超星系团"的中心，纷纷歇息起来。（我想了想，也跟在雅梅莉安·迈蒂他们后边一起休息。）

雅梅莉安·迈蒂环视了一下众人，笑笑说："咱们也给这个中心命个名字，好不好？"

众人一致赞同。

雅梅莉安·迈蒂低头思索了一下，说："以后我们云游星际时，累了就到这里来休息。我提议，我们就将这里称为'神女座星系团'，好不好？"

"好！"

众智灵人都表示支持雅梅莉安·迈蒂，为他们休息的地方起的这个好名字。

这时，罗蒂波度他们回来了，众花灵人围上前去，七嘴八舌地告诉他们：我们的座位是"神女座"。

宇宙特使一听，也笑笑说："好！好！我们也在星际中寻找一个落脚休息的地方去！"

说完，便带领着罗蒂波度等众人又朝前飞去。他们又发现了一个大旋涡星系群。

星系群的附近，有七颗巨大、明亮的星石，排成了一个勺形，二位使者对众人说：

"这是智灵总库命名的北斗七星石，他们是'警戒星球'的指路标志。所以，特意将他们排成了一个勺形，可以让人类仰望星空时，一目了然。"（我以前还奇怪呢，北斗星为什么会如此排列？原来又是精心的安排！）

众人又向这个大旋涡星系群的对面望去，看见了一个大星系群，罗蒂波度一看，就高兴地称其为"玉夫座星系群"。

他对众人自豪地说："这里是我们休息的地方，你们也来坐坐吧。"

雅梅莉安·迈蒂看了看说："这里虽然比我们的星座小，却也玲珑剔透，有着玉石般的光彩，不错！不错！"

罗蒂波度受到雅梅莉安·迈蒂的称赞，不禁洋洋得意起来。

赤碟特使指着与其并列的星群,告诉罗蒂波度说:

"罗蒂波度,我们在这里休息之后,将到那个星群中去寻找银河系。"

只见罗蒂波度,举目望了望前面的星群,回头对雅梅莉安·迈蒂说道:"我们将前边那处星群称为'本星系群'好不好?那个星群,也是我们的立足之本啊!"

雅梅莉安·迈蒂听了,点点头说:"好是好,不过,以后再命名时,咱们也换换内容,找一些好记又形象的。"

"对。"罗蒂波度忙不迭地紧跟着答应。

我能看得出来,在这个罗蒂波度的心目中,雅梅莉安·迈蒂简直成了他的上司和主心骨。他又痴迷上了这个宇宙能量比安卡·特拉姆高出两级的七层天总指挥。

通过来自上层空间的智灵人给各个星团的命名过程中看得出:原来,在人类的"潜意识"当中,仍然还存留着多少亿年前的智灵记忆!不然的话,为什么后世的人们,在为他们所发现的众星群命名时,竟然都会与智灵人当初的命名不谋而合呢?这岂不就是人们常说的"心有灵犀"和"心领神会"嘛!

两位飞碟特使在前面一边引着路,一边指点着他们经过的那几个重要的星系群,雅梅莉安·迈蒂他们这一群来到七层天的智灵人则跟在他们的后边,为星系群继续命名。

布拉克·奈森等众智灵人,则默默地记着自己所飞过的各星系团和星系群的名字。

我跟在他们后边算是开了眼界了,竟然能够随着人类的始祖,一起云游天际。我们在地球上用尽了一切尖端高科技的航天器与望远镜,一代又一代地前仆后继,才观测到那些星系团。而眼前,我竟能够亲身经历这一切,虽然只是一个"丸态思维因子",没有了原来的物质形体,但意识还在,我由衷地感谢我的总库老师让我不虚此行!

我继续跟着他们前行。(有点像飞碟舰队入侵!)

罗蒂波度扭头问二位宇宙特使:"我们离他们人类的星球还有多远呀?"

二位特使笑笑说:"还有很远呢!要知道这个'本星系群',大约有三十多个星系呢!要想从中找到'警戒星球'谈何容易!"

他告诉大家,"本星系群"中有两个最大的星系,一会儿就到那里去。

大家先来到了一个大大的众星云集的星团前。在星团中,有很多漂浮的小星群,众星组成了一个个座椅形状,四周有很多珍珠般的小星星围绕着,好似镶嵌着串串花边。

十二个花灵人高兴地飞过去,落在一个个大"座椅"上,飘来飘去。她们对着罗蒂波度,用恳求的口吻说道:

"这里的座椅真漂亮,我们也想要个歇息的地方,就把这一处星团给我们吧!将来,我们的姐妹们到这里时,也好到这里来休息一下呀!罗蒂波度哥哥,行不行?"

罗蒂波度用眼睛盯着雅梅莉安·迈蒂说:"就给她们吧,叫'仙女座'吧。"

众智灵人笑着,聊着,又向前飞去。

他们远远地望见一条长长的光带,瞬间便穿行在光带中继续飘飞着。

罗蒂波度忍不住问赤碟特使:"特使先生,这条光带有多长?怎么这里的星云这么密、这么多啊?"

"老师，这恐怕就是我们所说的'银河系'了吧！"我小声问我的老师，老师点点头。

"不错！"赤碟特使听到我心中的问话回答道，"我和银碟特使下来时，总库总指挥已经告诉我们了，说'大家将会落到一条银白色的光带中，它长长的，就像一条河一样'，估计指的就是这里了。"

罗蒂波度不等赤碟特使说完，就抢过话茬说："那我们就按照后世人类的称呼，将这条光带就叫'银河系'。"

说完，又用眼睛扫了一下雅梅莉安·迈蒂，见雅梅莉安·迈蒂正微笑着向他点着头。

赤碟特使接着说："好，就称其为'银河系'吧。"

他继续为大家介绍着："总库总指挥说过，从这条河的上边，向下俯视时，它却又不是河了，而好像是一架大风车。因为，它有几条长长的大飘带，并且都围绕着中心，沿着顺时针的方向，不断地旋转。这个'银河系'的直径，有大约十三万光年。它的国土辽阔，周围大约有十多个比它小一些的星系呢。这里的守护者就是卡尔家族的银河卫队。"

众人听到"银河系"像架大"风车"时，就急忙催着二位特使道：

"特使先生，您快带着我们到上边，去看风车去呀！"

花灵人们也禁不住好奇心的吸引，也催着说："我们也要看大风车！"

这时，两位特使马上飘飞起来，升到银河上空，带着众智灵人们，向下俯视着……

终于，大家看到了那架沿着顺时针方向，正在快速旋转着的"大风车"了。

第十二章 寻找布拉克·奈森之旅

我也兴奋不已,有生以来,第一次看到那迷人的壮丽美景……

是呀!地球人类运用高度发展的科技手段,才在太空中建立起了空间站。然而,在浩瀚的太空里,人类最远的足迹,也仅仅是留在了离我们最近的月球上!

没想到我这个地球人,竟然能够看到银河系的全貌,而且是亲临银河上空、近距离地观看她那个不断旋转着的"大风车"。这恐怕要感谢智灵总库的恩惠,偏偏选中了我来做这个"宇宙信息的记录员"!否则,我根本没有机会看到这一切!在他那神秘的、迷人的美景面前,我不时地发出由衷的感叹!

我也感谢雅梅莉安·迈蒂,将自己带到久远的过去那一个"时空点"上,在我的心灵上打上了最最美好的印记!

这真是一次难忘的最美好的"太空旅行"了!我跟随老师回到家中,发现楼外停着一辆医院的救护车!进到卧室,我看到有很多人围着我转来转去。啊!原来是医院的大夫在对我进行人工呼吸!当我睁开眼睛望着人们时,那位大夫惊叫起来:"她恢复知觉了!"

原来,这次天际之旅竟然过去了五天之久!老师竟然忘记提醒我返回的时间了。好险!差一点儿我就回不来了!幸亏我的"巨能密度胶子"没有跟着"丸态思维因子"一起出来。

达蒙博士看到最后这段记录,直惊呼道:"这是一个典型的'濒死体验'啊!但像日记作者这种完美的'濒死体验'还是不多见的。"

达蒙很期待着记录员的下一次太空之旅。

下一篇日记打开了。

2107年12月23日 23：45

　　……看外边，黑暗怎样焊住灵魂的银河。
　　快乘上你的火焰马车离开这国度……
　　——特朗斯特罗姆，李笠译（选自《特朗斯特罗姆诗歌全集》）

　　今天老师来到面前，我首先感谢老师上次带我出游让我有了诸多的亲身体验，久久不能忘记，真是一次最美好的太空旅行！不知道今天老师是否还会带着我去"神游"。

　　老师让我坐好，（我知道老师又要带我出游！我早已经习惯了。如果老师让我将笔和纸准备好，就一定是给我讲课，记录。）瞬间将我的"丸态思维因子"带到了银河系上空。

　　我与众位智灵人，终于飞到了"银河系"的上空，果然看到了赤碟特使讲的"大风车"：

　　"风车"里有三条主要的电离子气体臂，其中有一条就像一根长长的垒球棒斜插在银河中央，它飞速地旋转着，搅动得周围无数条大大小小的气臂，随着它围绕在中心一个黑色大旋涡的外边，沿着顺时针的方向旋转着，确实像个"大风车"一样。

　　这奇异的景象令罗蒂波度感到奇怪，这三条"气臂"为何会围绕着一个无底的旋转着的黑洞转个不停呢？

　　于是，他倚仗自己是上层空间的总指挥官，有着九级的宇宙生命能量，便带领着跟随他下来的四位女性智灵人来到银河系中心的黑色旋涡旁。

　　"别靠近那里，快回来！"

　　此时，一旁急坏了二位特使，只见他们双手发出两股具有强大吸力的龙卷风向他们扫去，并用力地呼喊着。

　　但已经晚了！

赤碟特使的双手上，卷着罗蒂波度和一个女智灵人；银碟特使的双手上，则卷回了另外两个智灵人。另一个名叫"莱多夫"的女智灵人，则被那个大大的黑色旋涡，猛地吸卷入内，转眼便不见了。（我看得胆战心惊，没有老师在旁边，我肯定也会上前凑热闹。）

"莱多夫！"

罗蒂波度在赤碟特使的手中不断地挣扎着，向着那个黑洞洞的大旋涡呼叫着……

然而，一点声息也没有。

赤碟特使将罗蒂波度和女智灵人轻轻放下，告诉他们那个黑色旋涡的可怕之处。

原来，银河中心的黑色旋涡，并非像"第六度数空间层"中的星云一样轻柔，那是一个大大的"黑色时空隧道"，一个名副其实的"黑洞"，它深不见底，一直通到"第八度数空间层"的负维空间。旁边还有一条通道，直通到大西洋底。（后来，布拉克·奈森将这里的"黑洞眼"封死，再也不会有人被吸入下一个时空层了，还在这里建造了一个海底城堡，提供给"海灵人"和"亚特兰蒂斯人"在此居住。）

就是这个"黑洞"，在智灵总库总指挥第三次"回归信息"发布之前，那些已经飘飞到七层空间的智灵人，曾经有一队"宇宙骑兵"，就被它吸卷进去，至今还未能全部回归。

从此，智灵总库总指挥就把这个原本称为"黑玄洞"的大旋涡，改称为"陷人马星座"了。虽然，它也称之为"座"，但谁也没有胆量坐上去！

我在一旁听完赤碟特使的一番话，不禁倒吸了一口气！这次，二位使者下七时空层引路，智灵总库总指挥就曾经一再嘱咐过他们一旦再遇到这个"黑玄洞"（陷人马星座）时，一定要绕过它去。

否则，凡是生命灵体，无论是有形还是无形，一旦被其吸入，则必然落入"第八度数空间层"的负能量场里。

罗蒂波度一听，急得双目垂泪，他感到对不起陪侍自己赴七时空的莱多夫智灵人！他暗暗地下定决心：将来，一定要到"第八度数空间层"走一遭，一定要将她搭救回来！

与此同时，我听到还有一位智灵人也下了同样的决心。她，就是此次赴七时空的统帅——雅梅莉安·迈蒂。

雅梅莉安·迈蒂有着第七时空层十二级的宇宙高能量，她能够变幻于有形与无形之间，能出入于亦虚亦实之境。特别让她感到责任重大的原因是：自己是执行这次任务的统帅！"保护好众智灵人，不能丢掉一个同伴！"这也是她的责任。但是，在还未到达"警戒星球"之前，她还是不能离开众智灵人的。

罗蒂波度对着银河中心的大"黑洞"，不禁落下悲伤的泪水。雅梅莉安·迈蒂飘上前去，不住地劝慰着罗蒂波度："罗蒂波度不必着急落泪，我定会帮你寻回莱多夫妹妹的。"

罗蒂波度向她投去了感激的目光。

这时，赤碟特使正在告诫着众智灵人："今后，你们千万不要乱跑，听总库总指挥说，在这个银河系中有大约一亿个'黑洞'，稍有不慎，便会跌落到'第八度数空间层'的负能量场里去！"

听到这里，活泼的小花灵人，再也不敢到处乱飘、乱飞了。

雅梅莉安·迈蒂看到罗蒂波度，总也打不起精神来，正好感觉到高维的能量波定向传了过来，对花灵人"腊梅"产生好奇。于是她来到众花灵人面前，对最小而又最聪明伶俐的花灵人"腊梅"说道："腊梅，罗蒂波度的四个侍卫少了一位，他总忍不住伤心落泪。你能不能先顶替莱多夫妹妹一段时间，等我将她救回来，你再回来好不好？"

这十二位专管梅花的花灵人，其云影影像个子不高，眼睛忽闪忽闪地,头盔上别着一个与花名相同的花标。原在第六度数空间层智灵中心的"花海大院"当差,她们负责掌管着花园中梅花的开放,腊梅,则在腊月,即"亥时"当值。因为她的小智灵体非常俊美,所以很受中心的副总指挥安卡·特拉姆的宠爱。命其为十二梅之首,后又被安卡·特拉姆任命为"梅花总领"——"梅灵王",统领着所有的梅系花灵人。

在"第六度数空间层"的花园里,无论什么花,都有十二位花灵人掌管。在那里,是没有春、夏、秋、冬之分的,只有十二个时辰。而在"七时空",则分了十二个月。所以,在第六度数空间层里的百花,永远是开放着的,永不凋谢。

老师用我们共振的信息频率悄悄告诉我。

腊梅现在听雅梅莉安·迈蒂这样一说,巴不得马上就到罗蒂波度身边。于是,点头应道:"听从指挥官安排!"

花灵人——小腊梅,是一个快乐的小天使,她来到罗蒂波度面前时,看到他正在落泪,就问道:"罗蒂波度哥哥,您眼中怎么也流出水来了呢?"

此时,罗蒂波度正在思念莱多夫侍卫,没有听到小腊梅的问话。但他却忽然嗅到一股梅花的奇香扑鼻而来,不由抬起头来,看到小腊梅正好奇地盯着自己的眼睛,并且目不转睛。

罗蒂波度被小腊梅那种大惊小怪的神情,逗乐了:"你真可爱,连眼泪也没见过?"

"噢!这叫眼泪。"小腊梅听懂了似的点点头,"那您的眼泪也跟奈森的是一样的啦!"

罗蒂波度看着小腊梅认真的样子,又忍不住笑起来。

雅梅莉安·迈蒂在一边默默地点点头,暗想:"腊梅这个小精灵，天真烂漫、活泼可爱，把个刚刚还悲情难解的罗蒂波度，转眼之间便调理好了。"

雅梅莉安·迈蒂对着小腊梅，不知为什么，越看越觉得奇怪。（我也感应到，在这个小腊梅智灵人的身上有一种阻挡不住的巨大能量在涌动。）雅梅莉安·迈蒂暗想："莫非——刚才那条作代理侍卫的定向能量波不是总库空间传来的，而是她传给自己的？"

我看到雅梅莉安·迈蒂的双目中"倏"地放射出一道幽幽的金光，她想看一看小腊梅智灵人的原始智灵到底是谁？（我感觉自己的思维波频率突然同迈蒂的思维波产生了共振！我感知到她的思维内容！）

"真是怪事！为什么她的灵体有一层总库高能量的白色光罩着？总让人看不清楚？"在具有七层天十二级宇宙能量的雅梅莉安·迈蒂面前，还从未有过一个原始智灵子能够逃过她的金光照射而遁形。今天到底是怎么了？雅梅莉安·迈蒂百思不得其解。就在这时，她最熟悉的意识波流从遥远的天际传来：

"姐姐——让我来解除你的困惑吧！"

我们从她在智灵总库档案室工作的妹妹那里了解到，原来，小腊梅竟然是第四时空层智灵中心的高灵化装的身份，被总库指挥官派遣下来完成一项特殊任务。

我想起来了，小腊梅身上的宇心白光团乃是智灵总库总指挥特意为她加上的。难怪就连七时空层总指挥——雅梅莉安·迈蒂也不能够看透！

这时，智灵总库总指挥传来了信息波：

"因为命运轨迹所至，小腊梅到这里就是一个智灵人了，她有着特殊的使命，她身上的护体白光团，暂时还不会自动解除！"

听到这里，雅梅莉安·迈蒂的心颤抖了，她明白：

"智灵总库总指挥，是借此机会把妹妹留在他的身边，以解思念之情啊！另派遣了一位能量更高的智灵下来协助自己。"

想到这里，雅梅莉安·迈蒂忍不住惊喜，更加好奇小腊梅是谁了，于是暗暗调动了高宇能，想通过把小腊梅变成妹妹迈蒂·雅梅莉安的外表形体的方法，一睹她的原灵真身，可是无论如何都改变不了小腊梅的形体，她依旧是一个花灵子的外形。

这些内容是非常机密的天机啊！我们人类可能都同样有一个最原始密码的色粒子在体内。

先不说雅梅莉安·迈蒂在暗暗地想着自己的心事，却说众人此时又开始催着二位宇宙特使，带领他们去寻找"警戒星球"了。

二位使者边带领众人飞降，边向大家讲述着飞行路线。他们告诉我们：

从银河中心向外，靠下层面约二万七千光年之处，有一颗红色的大亮星星，名叫太阳。它的直径，约有1400万公里；它很热，仅表面的温度，就约有6000℃；中心温度则更高，约有1500万℃。特使告诉大家，只要找到这颗名为太阳的星球，就可以找到"警戒星球"了。因为这颗星球的引力很大，在它的周围，有十二颗大星球在围绕着它旋转。总库总指挥将这个火球星群称为'太阳系'，而"警戒星球"，则是围绕着它旋转的第三颗行星。从它的中心向外，除了水星、金星之外，便是他们此行的目的地——"警戒星球"了。众人听完，对此行所寻找的目标心中已经有了底。

二位特使为了让这些智灵人们，能够更清楚地了解自己未来的大家园——银河系，打算分头带领他们，去参观、寻访银河系和太阳系。于是，他们将寻访的区域，分为银河上层与银河下层，将众智灵人也分成了两个组。

去银河上层的一组，由银碟特使带领。去银河下层的一组，由赤碟特使带领。

分成两组的智灵人们，分别驾驶着飞碟，精神抖擞地跟随在两位特使的后边，向着各自寻找的层飞去。

众智灵人约定：在银河中心见！

于是，大家就在银河系中心分手、道别，跟随着二位特使，分别向着银河系的上、下两个层面的边际飞去……

这次跟随老师在银河做星际旅游，心情非常愉快！因为众智灵人都有了人形光影，我很容易就可以将他们区分开来。而且，他们也有类似我们人类的思维情感，感觉好亲切！

盼望着老师再次带着我出去云游！

达蒙·卡莱尔看完感到灵心涌动！

"我怎么感觉与那个来到我们空间的智灵人布拉克·奈森有一种心灵上的共鸣？"他不解地自言自语，接着，突然心中一颤："我是不是曾经是日记中的那位水灵人呢？"

"不错！你就是我！我就是你！"太空中传来一种空灵的高频振动的音波。

这更激起达蒙·卡莱尔阅读"宇宙日记"的兴趣，他很想知道水灵人后来的命运。

|第十三章|
智灵人辗转星球大揭秘

2107年12月23日 22：00

我跟老师出游上瘾了，第一次呼唤老师的生命密码，盼望老师早点到来。果然，一个蓝色的大光球，"啪"的一声闪现在我的面前。

老师的信息声波传了过来："什么事这么急着呼唤我？"

我说："老师，我还想让您带着我去银河系游玩！"

老师说："我会准时来的，你太着急了！不过，今天是今年最后一次给你传达宇宙信息了。"

我早早地坐好了，老师说完，就带着我的"丸态思维因子"离开了生物载体，直奔"银河"而去。众智灵人分手之后，各自在两位飞碟特使的带领之下，迅速地飞离银河系的中心，飞奔到各自指定的层面。

飞往银河上层面的银碟特使，和他所带领的罗蒂波度等众智灵人，眨眼间便来到了银河系的上层面，即人类称为银河之"北银极处"。他们将从这里开始，向着银河系的中心处寻访。

北银极，比起银河中心来，要昏暗得多。即使是这样，大家也能看到那只金光闪闪的狮身人面银河卫队统帅卡尔·金菲力。当众智灵人向他们飞飘过去时，却发现他们与众智灵人之间好像有什么屏障隔着？虽然近在咫尺，却不能靠近。

银碟特使让罗蒂波度与众智灵人都停在原处，先不要动，自己则走上前去，用思维信息波向卡尔·金菲力发出了问候的信息："卡尔·金菲力前辈，您好！我今天带领众智灵人前来拜访，请将电离子暗磁门打开。"

卡尔·金菲力听到"门"外有智灵人造访，急忙睁开双目，只见眼前橙光闪烁。就在他们发愣的工夫，智灵总库总指挥的思维信息波传了过来："卡尔·金菲力，站在你们面前的，是冲破了'生命天河屏障'，到七时空寻找'水灵人'布拉克·奈森的智灵人。他们所去之处异常险恶，是要到位于七时空一级能量场的'警戒星球'上。那里是无形生命体与智灵生命体混居之处，当他们需要时，你要派卫队骑兵帮帮他们，好让我放心！"

卡尔·金菲力听毕，用"意念动力"将"电磁门"打开。他对众智灵人说道：

"孩子们，快请进！"

走在前边的花灵人，听到一声"请进"，半信半疑地向前迈了一步，感觉已经没有什么障碍了，便猛地一蹿，就进入了卡尔·金菲力的"统帅府"。

接着，众人也跟着鱼贯而入。

花灵人腊梅召唤其他智灵人："姐姐，我怎么觉得这里挺怪的，虽然看不见有椅子，可坐下去也坐不空，就好像有椅子接着，这是怎么回事啊？"

一个智灵人答道："还有怪事呢，我试着想摸摸桌子，虽然看不见，可确实有啊；听说这里是卡尔·金菲力统帅府，我怎么什么也看不见呢？"

"哈哈哈哈！"突然，惊天动地的声音从他们的身后传来。

原来，宇宙卫队统帅卡尔·金菲力，听到大家的议论，感到有趣，不由得发出了笑声。

众智灵人回头一看，原来是卡尔·金菲力站在他们身后发了话，他狮身人面，通体金光闪闪，漂亮极了！

银碟特使走上前去，双手抱拳，上前施礼道："四宙晚辈银碟特使拜见三宙长辈狮祖卡尔·金菲力！"

罗蒂波度听了银碟特使对狮统帅的称呼，不由奇怪起来："银特使，您怎么如此称呼卡尔·金菲力？什么三宙、四宙的？"

"哈哈哈哈！"卡尔·金菲力笑了起来。

原来，当宇宙刚刚进入三宙岁时期，宇宙总侍卫长卡尔·金菲力就携带卡尔·魔里扎，率领着百万"人面金狮卫队"，开赴"地宇第七时空层"了。

那时的"七时空层"，名为"地宇赤幻天"，到处是耀眼的红光和薄雾，还不见什么巨石、繁星，也没有什么星团、星座。有的只是半云半雾的景象，但更多的却是看不见的"暗物质"。每当金狮卫队飞过，便会带起一股"暗磁风"。形成一个个大小不一、旋转着的"黑洞"。这种"黑洞"旋力极大，无论是什么，一旦靠近它，便都会被吸卷进去，连光、磁、雷、电也不例外。

所以，卡尔·金菲力派出很多宇宙卫兵，去巡视每个"黑洞"口。

后来，智灵总库总指挥发出了第三次"回归信息"，所有各时空层的"超物质形态生命灵体"，都乘着大"月亮船"，返回了"零空间"智灵中心。卡尔·金菲力和众卫队金狮兵，也都一同返回"零空间"。

在智灵中心，"总库总指挥"听完返回的卡尔·金菲力的汇报，知道地宇七时空层的情况后，将所有回归来的后代子孙一起融入自己的意识光团中。智灵总库总指挥当时就发现卡尔·魔里扎没在其内。他心动了一下，追寻着他的命运轨迹，得知他已被甩落在"七时空层"边上，后又滑落到了第八度数空间层。

智灵总库总指挥知道这个金狮族智灵儿的甩落，不仅使他要遭受无比痛苦的磨难，还将给七时空层的未来造成难以估量的巨大变化。

当宇宙开始第四宙岁的能量释放时，智灵总库总指挥又趁势将卡尔·金菲力和他强大的金狮卫队分离出来,重新将他们送往第六角宇区"七时空层"的银河上层三级能量场,驻守在那里。

今天,银碟特使根据智灵总库总指挥的指点,凭着自己的记忆,终于找到了卡尔·金菲力。

卡尔·金菲力,看到这些来到七时空层的四宙后代子孙们,已经都隐隐约约地有了光能形体,不禁眉头一皱,对他们说道:"当你们有了形体之后,办很多事情都特别麻烦;到很多地方去,都要受这个形体的限制。"

罗蒂波度却满不在乎地说:"卡尔·金菲力长辈,有物质形体怕什么呢?我们就是要到一个有形的物质星球上,去体验一下祖辈们从未体验过的事情啊!"

卡尔·金菲力看了一眼罗蒂波度,说道:"你就是六时空层智灵中心核母——罗蒂波度吧?"完了又问,"雅梅莉安·迈蒂来了吗?"

罗蒂波度告诉卡尔·金菲力说:"听说我们要去的物质星球在银河里的太阳系中。我们分开来去寻找这个太阳系,雅梅莉安·迈蒂去了银河的下层面。"

卡尔·金菲力点了点头,对大家说道:"我们早就接到智灵总库总指挥的信息,任命雅梅莉安·迈蒂为这个时空智灵中心的总指挥官。她在本时空层的宇宙能量高得惊人,连我们都要听从她的命令。"

此时罗蒂波度在暗暗地庆幸自己:"我幸亏偷偷跑下来了,否则,自己同雅梅莉安·迈蒂妹妹,各任各空间层的总指挥,岂不永远相隔两时空层!那时,恐怕谁也不能在对方的层区里久居。"

这时,罗蒂波度的耳边响起了银碟特使与卡尔·金菲力的对话,打断了他的遐思:

"卡尔·金菲力狮祖,您能否带领我们云游一下银河系?"

"能是能,但你们可千万不要乱跑,否则的话,被看不见的

'黑洞'吸了进去,我可是没有办法再将你们救回来呀!"

"好,我嘱咐嘱咐他们,让他们多加注意就是了。"银碟特使边答应着,边转身对大家说道:

"孩子们,卡尔·金菲力狮祖要带领我们去云游银河系了,请大家不要乱跑,否则会掉入'黑洞'的。"

大家都使劲儿地点了点头,因为他们的记忆中还烙有莱多夫落入银河黑洞的恐怖影像。

众人都很兴奋,在这个危险的区域里,能有老前辈为他们带路云游,这早已使他们按捺不住自己那急切的心情了。

卡尔·金菲力,带领着众智灵人上路了。首先造访了北斗七星指挥官未来的官邸。这七座官邸竟然是七个悬浮在空间的大飞碟,若隐若现,但却光芒四射,星团环绕。

当众人走进星碟时,却发现在每一座星碟中,都有一个巨大的花形星座。它有点像托着"神秘火种"的莲花座一般,也是七瓣的,呈粉红颜色。每个花瓣内部,都有一颗水晶般透亮的七色"星辰珠"不时地飞快旋转。时而正转,时而反转,放射出耀眼的白光。在每个大星座上,都有一颗闪闪发光的巨大星石。当每个花瓣中的七彩星辰珠一起旋转时,就像七道探照灯的光柱一样,齐刷刷地射到中央那颗大星石上。中央的星石,又恰到好处、并准确地将七道光柱的光集中,再均匀地反射出来,照亮了整个北银极的天空。

我发现:只有星辰珠在正转与反转交替的刹那间,星光才有瞬间的昏暗。

这七座星碟就像一把大勺般地排列着,除了中间的星碟稍微大些,其余六座皆一般大小。

卡尔·金菲力告诉我们,这七个大飞碟是为北斗"七星石"

幻造的官邸，并非是让他们来居住的。负责这北斗七星的指挥官是居住在第五时空层的，但他们会时常下来，巡视这七个大星座。因为七彩星辰珠需要五时空层的北斗七星能量光团（五时空的七星能量团是一种不发光的暗能量体，当这种暗能量射到七星石上时，才能发出我们视觉系统能接收到的光波。）为他们增添光能。否则，也就照不亮七星石，那样的话，也就更无法为"警戒星球"上的有形生命体导航指路了。（原来这七块大石头也有指挥官管辖。）

卡尔·金菲力一边给众人讲解着，一边带领着他们继续向下飞飘。

众人来到了另一个大星系——"天龙星系"。

卡尔·金菲力给大家介绍着此星系的来历：原来，曾经有一个名为"天龙"的高能特使来过这里巡视能量场。那是在大家到来之前，他曾到过北斗七星碟，将七彩星辰珠用第四时空层的宇光能激亮，并使它们迅速地旋转起来。他在这里的北银极等待返回的"白色时空隧道"大门开启时，就在这里休息过。因此，就将这个星系，称为"天龙座星系"了。

卡尔·金菲力介绍完"天龙座"的来历之后，又指着下面说道："那里还有一个'小龙座星系'，"众人顺着他思维信息发射的方向望去，却什么也没有看见，卡尔·金菲力环视了一下四周，又对众人说道，"小龙座星系旁边，就是上次天龙能量团返回'第四度数空间层'的'白色时空隧道'门，他就是坐在这里等着隧道门打开的。所以，这里就被取了这个名字。"

卡尔·金菲力告诉大家："别看这里看起来星系不多，有的好像是什么也没有似的，但这里却是两个大大的'暗物质仓库'。这里的'暗宇能'很强，'黑洞''暗星''暗星系'多得很！尤其是'黑洞'，简直多不胜数！"

一个花灵人问道:"卡尔狮祖,要这么多的'暗物质',都做什么用呢?"

卡尔·金菲力,哈哈大笑着告诉大家,说道:"你们不要小看这些看不见的'暗物质',它可是我们上个时空层的宝物!"

"看不见?还是宝物?"

花灵子不理解地摇摇头,疑惑地望着卡尔·金菲力。他告诉我们说:"在上时空层中,暗物质就像是我们手中的天网,我们只要牢牢抓住网绳的一端,网内的一切物质,就不会到处乱飞,也不会随便改变它们运行的轨道,而与不该碰撞的行星发生碰撞。"

正说话间,只听着下面发出"砰"的一声巨响,接着,便是火光四射。

花灵子指着火光,回头对卡尔·金菲力说:"卡尔狮祖,您还说不发生碰撞呢,刚才,那里的两颗星不是就撞在一起了吗?"

卡尔·金菲力看了看那团火光,笑着说道:"孩子们,你们知道为什么此时空层的银河系中有那么多的星团、星系吗?就是由于这里有一个大'育星室'啊!"

说完,他用手指了指斜下方说道:"你们看,那就是'银河系'的'恒星育儿室'——'猎户座星云'。我们用手中的'暗天网'控制、操纵着那里的行星,寻找有活力的大行星,就像'猎人捕捉猎物'一样,将它们送入'育星室',再对它们进行选择、相撞。这样就可以产生更多的大恒星系。所以,我们就将这个'恒星育儿室'称为'猎户座'。如果按本时空的时间来计算,那里每年要产出十二颗新的恒星。你们要去的太阳系,就是在那里诞生的。"

大家顺着卡尔·金菲力意识所示的方向望过去,眼中都流露出无限向往的神情,想象着美丽的太阳系会是个什么样子。

正在大家发愣的时候,卡尔·金菲力又说话了:"我们已经快到银河中心了，你们再朝这里看！"他说着示意银河中心向外的斜下方，又接着说道，"你们看，那个离中心约有二万七千光年的地方，有一个大火球，那就是你们要找的太阳星球！"

众人向斜下方俯视着，果然看见一颗红红的大火球！

"一个，两个，三个……"

"哎呀，一共有十二颗大星球，在围绕着它旋转呢！"花灵子们惊呼起来。

银碟特使特意地指着一颗蓝色的星球，高兴地告诉大家："孩子们，那个就是'警戒星球'！在大火球外边，第三颗，蓝色的那个就是！"

这时，卡尔·金菲力对大家说道：

"孩子们，这里已经快到本时空层的一级能量场了。再往下飞，你们就都有了实实在在的物质形体了。我在这里，也不便久留，也该回到北银极巡视一下了，就此告别！"

智灵人们恋恋不舍地望着他。无奈卡尔·金菲力引路的使命已经完成，他要返回北银极，继续执行巡天的任务去了。眨眼间，卡尔·金菲力就不见了踪影。

老师带着我返回来，我急忙拿出笔，飞速地将今天的"银河之旅"详细地记录下来。时钟指着凌晨六点半。

这时我的脑中还有很多疑问，我希望老师再来一次，将我的一些疑问解答，我听话，不出游！

老师笑了笑，终于答应了我。

我很庆幸自己当初没有拒绝"智灵总库"的任务，让我这个科技盲接触了如此之多的宇宙信息！盼望老师能够继续为我讲解更多的宇宙知识。等待着特使老师最后一次的降临。

2107年12月28日　22：00

五天之后，我再一次呼唤老师的生命密码，盼望老师早点到来给我答疑。果然，两个宝蓝色与深紫的大光球，"啪"的一声一块儿闪现在我的面前。

老师的信息声波传了过来："我既然答应你了，就一定会来的！难得我们的灵儿第一次主动提出问题问老师！我还将另一位紫光老师带来了，因为有的问题他知道得更详细！"老师笑道，"说吧！你尽管提出来，我们会满足你的！"

我说："老师，今天我们不出游了，我问，您回答，可以吗？"

老师说："往常你缠着我出游，今天是怎么啦？"

我说："我要抓住今年的最后一次机会，多问一些我们不了解的事情，也给后人解开心中的疑团！"

"好孩子！学会为后人着想了，开始吧！"

我提出的第一个问题："那位来到第七时空层的智灵人们，后来的命运轨迹如何？"

老师答：

罗蒂波度来到第七时空层，跟随智灵总库委派的两位飞碟特使游历银河系之后，带领着一部分智灵人，在银河悬臂第29层圈上，寻找到一颗名为"顿巴勒"的星球，在那里寻找到自己的生命载体成为耶洛因族人的祖先，根据自己的长辈先师——化身为"天元君""天龙君"和"梦龙君"（灵明子团里的长辈）传授给自己的宇宙文化知识，创立了"耶洛因文化"。

之后，大家感觉都在同一星球进入不同载体，还不如分别寻找不同星球去传播宇宙文化更好，于是在后来的寻访当中，他们各自根据三位宇宙长辈先师"文化特使"传授自己的高维文化知识，分门别类地创立了不同的文化学派，并逐渐演化出各自不同的文化分支派别。

他们带领这个星球的"类人类"走上正常的生存轨道之后，便离开了这个星球，又来到了一颗名为"木谷"的星球上，他们在那里进入到"木谷"族人的生命载体，延续了"耶洛因"族人的基因，根据"天龙君"先辈传授的宇宙文化知识，便创立了"木谷文化"。

离开"木谷"星球之后，他们随着悬臂向外旋转至第41层圈上时，来到一颗名为"勃贝尔冰"的星球上，进入到"天贝尔"族人的生命载体中，仍然继承了"耶洛因"族人的基因，根据"梦龙君"先师传授的宇宙文化知识创立了"天道文化"。

他们离开"勃贝尔冰"星球之后，随银河悬臂继续外旋至第52圈时，又寻到了一颗名为"希绿儒"的星球，进入到本星中的"希绿儒"族人的生命载体中，继续延续着"耶洛因"族人基因，根据"天元君"先师传授的宇宙文化知识创立了"西儒学派"。

罗蒂波度率领众人离开"希绿儒"星球之后，随银河悬臂继续外旋、外旋，直至第81层圈，在四维空间寻到了一颗名为"玛雅梅洛特"的星球，成为该星球最著名的"哲学领袖"。

通过几次在生物载体中的进进出出，他们明白了自己一次次在内流转的原因，决定不再进入生物载体中，而保留自己超物质"智灵光团"的形态。从自己的光团中不断地裂解出小"智灵粒子"，将它们送入各种生命载体中，成为这个星球上的"玛雅"族人和"梅洛特"族人。让他们在各种生命载体中延续着"耶洛因"族人的部分基因，创立了"科学技术智囊团"。

随后，超物质隐态的狮身人面"金狮族"宇宙骑兵也开进了这个星球，其最高指挥官"菲利普斯"被任命为这个星球的第一代统治者"星王"，其麾下的百万铁骑金狮，也就成为这个星球的国家卫队。在第一代星王的统领之下，这个星球的科技水平达到了顶峰！飞碟技术也从此传出。

后来，从这个星球飞出的两族人分别随着银河悬臂一直外旋，直至第81层圈，奔赴了三个星球："玛雅人"一直驻守在"天狼星"上传播"大爱文化"，后来有一些人又乘飞碟来到"地球"上；而"梅洛特人"则跑到"猎户座"，成为"猎户星人"，新星爆发冲击波又将其推至"天狼B星"，成为"天狼B星人"。他们最后也来到"地球"。

再说那个罗蒂波度在宇宙间游荡时，突然看到雅梅莉安·迈蒂的灵影，便也飞临地球撞上迈蒂，诞生了第一个由肌朊线粒体裂解而成的人类载体，成为人类的始祖。

老师已经讲述完毕，我还在愣愣地听着，意犹未尽。发现老师没有了震动的信息波传来，我才回过神来。"后来呢？"我追问道。

"后来……后来他们就在不同的载体上变幻，直到今天。"

"今天？他们是谁？谁是他们？"我脱口而出地问出这个当今很富有哲理的谜题。

"将来，他们中的一些人会成为地球'宇宙职能中心'的总指挥官。"

"老师！老师！雅梅莉安·迈蒂她们那些美丽的女智灵人跑哪里去啦？"我最关心的第二个问题，是这个时空层的"核母总指挥官"和另外那些智灵人最后到底都是谁。

老师答：原本有两个人应该形影不离，但当她们一起来到银河悬臂的第9层圈时，雅梅莉安·迈蒂飘到一颗名为"爱塔利莫"的星球上，成为"利莫里亚人"的祖先。来到地球上之后，她们进而又进化成为今天的亚洲大陆早期人类。

而另一个智灵人则晚了一步，被旋落在了一颗名为"亚格哈里"的星球上面，成为"哈莫格人"的祖先。

两个命运相连的"智灵人"，相互发出同频信息波，彼此沟通吸引，最终两人相约一起离开各自的星球，重新跃入银河大悬臂中，成为两个互旋的双子星团。她们一起旋到了悬臂的第34层圈，到了一颗名为"爱巴克"的星球上面，成为"诺迪克人"的祖先。后来她们来到地球上之后，进化成为美洲大陆上的原始人种。

她们决定再一次离开星球，随着银河悬臂的外旋力，旋到了第81层圈上熟悉的"仙女星座"，又成为了"海蒂娅人"的祖先。后来到了地球上，最终进化成为今日欧洲大陆上的早期人种。

当她们在第81层银河悬臂上再次寻找地球时，又来到了"猎户星座"，两个高能量智灵人分别成为了两个族的祖先：雅梅莉安·迈蒂将"哈索尔族人"的DNA注入了生命载体中。来到地球上时，便成为非洲大陆上的原始人类祖先，当时他们全部居住在"昴宿星球"上面。而另外一个智灵人则将"拿菲利族人"的DNA注入了生命载体中。飞落地球上之后，他们是当时的南欧大陆上原始人类的祖先。唯独她，后来在地球"宇宙职能中心"内的"星空环宇观测站"工作，成为一名宇宙信息搜索、接收、记录的信息专家。

我张大了嘴巴，又听糊涂了，但老师好像一直都在"注视"着我的记录一样，每当我写出了一个"同音字"时，他就会一遍遍地纠正我的记录，直到写出他认为是正确的那个字为止！

好严厉的老师呀！这两个复杂的人物今天的身份，我简直不知道该从何处问起了！

达蒙·卡莱尔像记录员一样，张开了嘴巴无法合拢，他继续读着日记中记录员的下一个问题：

"老师，我的第三个问题是……"我忽然给忘了要问什么了，想了半天想起来了，"偷偷跑到我们地球上的那个，那个管水的长官，叫什么来的？后来他是今天的谁呀？谁是他呀？"

我这记性真差！

我发现老师不但没有批评我，还给我解释道："不是你的记性差！而是我每次给你传达完信息之后，就会将你'丸态思维因子'中的记录内容删除！"

"为什么？"我很不高兴地问道。

"因为我希望你的思维因子单纯得就像一张白纸！这样你的记录中就不会掺杂更多的旧信息。"

"我记录了半天，自己什么也不懂？就像个傻子一样？"我继续发泄着自己的不满情绪。

"你所记录下来的内容，对人类知识界是个贡献！这是你今世要完成的任务！"

老师感知到我思维中散发出的负面涟漪波，于是渐渐从他的能量团中散射出一种淡淡柔柔的蓝光波纹，慢慢将我包围。我脑子里的不满情绪不知何时被渐渐融化，取而代之的是一种受了委屈的孩子被一种强大的"爱抚"之手抚摸着……

我不由得泪流满面……

所有的委屈化为乌有！我又想起了第三个问题。

老师说："孩子不用再想了，老师知道了你要问的是水域长官布拉克·奈森的生命轨迹。"

老师告诉我那位水域长官布拉克·奈森被两位飞碟特使直接送到了银河系第81层圈的悬臂上，他造访过这个悬臂内的许多星球，并将能量之水分配给那里的生命信息场。

他到过"坎菲斯星"，那里居住着"普雷托人"；

他到过"毕鲁派星"，那里居住的是"莱弗特人"；

他到过"那拉星"，那里居住的是"亚蒂斯人"；

他到过"蓝比斯星",那里住着"蓝莫斯亚人";

他最后来到地球,成为居住在大西洋底的"霍利达"海族人,他还在海底建造了一座大城堡,后来居住在内的还有不少"亚特兰蒂斯人"。

布拉克·奈森曾经在自己掌管的区域中,搜寻了各个星球上的高科技信息,并将这些信息整理之后,汇报给"宇宙高能智灵信息总库"。因为他的这些努力,总库将他"私闯天河屏障"的罪行予以赦免,并让他在各个星球上寻找代言人,再将这些科技信息传达给地球人类。

他寻找的各星球代言人分别是:

"劳斯顿星"代言人是:牛顿、培根、阿基米德、法拉第、特斯拉。

"玄木女星"代言人是:笛卡尔、欧拉。

"蓝比斯星"代言人是:哥白尼、爱因斯坦、哈勃、沃森、克里克。

"赤斐诺星"绘画艺术代言人是:达·芬奇、莫奈、凡高、塞尚、毕加索、马蒂斯、波洛克。

我对着虚空说:"我知道了!谢谢老师!"

记录完后,两个相叠的蓝、紫色光团已经跃出了我的隐性视觉的视线,此时只能感觉到渐渐减弱的声波振动,老师们向我传出了最后的信息:

"地球人类的孩子们,当你们拿到这本日记时,我们就已将高宇宙能量注入你们的身体,它将使你们的思维发生巨大的转变!它为你们展开宇宙演化的真实画面。如果拿到这本日记的是一位科学家,我们将会为你们输入新的信息能量,使之获得研究的崭新灵感,并让你们顷刻之间跃上新的科学制高点,融入更高的四、五维空间!

"孩子们,珍惜你们这个三维时空,但更要珍惜你们赖以生存的地球母亲!再见了!"

宇宙老师们满足了我提出的所有要求后离开了这个时空!我恋恋不舍、泪眼模糊地望着两位老师那个闪烁着蓝紫色光芒的大光团,渐飞渐远……

记录完毕!

记录员:灵紫

达蒙卡莱尔放下手中的日记,将屋里的窗子全部推开,只见一对跃出海面的大西洋底的海灵人,甩着金光闪闪的大鱼尾,在海浪的涌托下,向达蒙·卡莱尔深情地遥望着……

此时,达蒙博士的目光与海灵人的目光相触的刹那间,他望着那对海灵人突然喊出了:

"爸——爸!"

"妈——妈!"

只见他们的眼里,都涌出了晶莹的泪花!

含泪的微笑挂在他们面颊,渐渐远去……

此时,窗外早已是万家灯火!达蒙·卡莱尔仰望着墨蓝色的天空,那漫天的繁星,就像镶嵌在黑色天鹅绒幕布上的钻石般闪耀着!他的脑海中又浮现出"天幕"展现给世人的唯美画面……

在茫茫宇宙中,有无数的秘密在等待着你们去发现、去破解,而发现破解的钥匙只有一个,那就是"爱"!

这种"爱",是对宇宙洒尽毕生心血的"爱",是一种对宇宙无比执着与痴迷的"爱",一种不求回报的"爱"!

唯有这种纯净的"爱",才会得到宇宙给予的特殊的"宇之爱"。

对于地球人类生命生物体来说,"宇之爱"是一种无法言喻的、与宇宙沟通时灵魂与智慧的碰撞所产生的一种感触,是一种活泼灵动的涓涓溪流般的创作灵感!是可望而不可求的双爱之汇集的爆发点!

答读者来信及鸣谢

《天幕：一个宇宙信息记录员的日记》自出版以来，收到来自世界各地的读者朋友的提问，有科学家，有计算机博士，有数学老师，有艺术家，也有文学爱好者。这里一并集中回答，希望抛砖引玉，吸引来更多的读者提问，我将在重印时或者下一部书中回答。如果希望自己的问题是署名问题，请在来信中告诉我。

1. 这是一个问得最多的问题。

书中2107年5月8日23:20那篇日记所记录的内容：

后来又有一段这样的记录——

"这段内容属于宇宙核心机密，特使老师感觉不适合普通地球人类阅读，所以，在记录之后又被日记作者删除。"

请问为什么要删除这些内容，到底删除了什么内容？

答：这本是我的一个拙劣的悬念，准备创作下一本书时再陆续写出。没想到有这么多读者朋友渴望知道这个秘密，希望早日看到被我删掉的那些内容。作为一个坦诚的"宇宙信息记录员"，我只能在这里现在应广大读者要求，将即将在第二部展示的内容合盘端上——

在这个大宇宙中共有25个级别的智灵生命能量场，其中从核心智灵总库算起第25级,以下从第七时空层到智灵中心的零空间,每层都是下中上(1、2、3)三级生命能量场。从第八时空层则是负级智灵生命能量场,同样也是上中下负三级场和负维密度空间。

这个大宇宙共有99维密生命能量级别,因为每级生命能量场中有4个维度、密度空间。

所以,生命能量场级和生命能量维密级是不同的,这样更有利于每一个智灵生命能量的逐渐提高,能够更快地融于相适应生存的那级能量场里面。

问:灵紫老师,您的书我看不懂,是外星人给地球人讲的物理课吗?

答:呵呵。没想到看我书的读者还有这样想象力丰富又有趣的,真是太幸福了!在我们地球人现在的认知体系里的外星人,是指生活在书中所表述的物维空间层,确切地说就是本宇宙的第六角宇区、第七时空层、第一生命能量场的三维空间中的智商和科技远远超过人类的"类生命体"。按照书中的描述,他们可能生活在银河系的内旋臂上,比我们进化得早,更为智能。书中给"我"讲课的所谓"老师",并不是这样的外星人,而是这个宇宙零空间"智灵总库"给"我"派出的智灵老师。他们来自书中描述的内宇宙,虽然他是内宇宙第三时空层第三生命场的第四维空间的智灵生命,但他是受"智灵总库"的派遣为"我"传授各种知识的。打个比方,虽然我们有可能原籍是某一个省,但我们工作在北京的某单位,也会被派出差的。所以,在书中的设定并不相同,但是,在目前地球人的认知系统中,并不能区分他们,把他们混称为"外星人"。

问:既然量子纠缠的实验已经证实,从笛卡儿、伽利略、牛顿,到西方科学的主导世界观认为,宇宙是一个巨大的机器,没有意识,没有目的,但是量子纠缠又证实了"超距作用"(spooky action in a distance）是存在的。您怎样认识这个有些矛盾的问题？

答：这个问题目前在科学界争议不断，也不断前行。对这类问题的研究让传统科学家越来越困惑。因为，人类对于意识几千年的认知都是固化的、有偏差的。因此，导致量子宇宙学的很多理论和实验令人费解和难以接受。甚至有很多西方科学家说，如果有人认为自己能准确解释"量子纠缠"或者"薛定谔猫"，那只能说明他连"门"都还没有找到。这本书也是在探索这类问题的时候，彻底开放大脑后的畅想，很多研究生和博士，甚至科学家都认为自己得到了启示。我想最大的可能是让他们了解，其实旧的认知没有什么是不可以抛弃的，而一旦抛弃，新的就不再难以看懂了。

问：量子纠缠既然表明宇宙是不可分割的整体，在冥冥之中存在着某种联系，那为什么"意识"对西方科学来说仍然是个谜呢？

答：这一点也许前面那位读者说得对。地球人真心看不懂，不妨假设一个外星人来讲物理课，把旧思维烧成灰，也就是烧脑。涅槃之后，全新的世界里，一切都清晰了，不再是一个谜了。

问：有位专家将诸如"位置""动量"等称之为"物理量P"，又将"态矢量"分为两类。也就是将具有确定的P，称为它的"本征态"；将不具有确定的P，称为它的"非本征态"。非本征态的量，比本征态的量多得多。也就是说，绝大多数情况下，一个"粒子"是没有确定位置的！

答：这是一个好专业的问题啊！我可以从科幻的角度来回答吗？如果按照我个人的理解就是，P的"本征态"就好像是人体的物质"大脑"；而P的"非本征态"，则是主宰人体神经系统的"丸态思维因子"。人的大脑有固定的物理量P，而"丸态思维因子"则像是宇宙中的暗能量一样，除了大脑中的位置，它还可以离开原来的位置，进入宇宙空间，与更多的"丸态思维因子"交流。

因此，它又是没有确定位置的。

问：爱因斯坦是挑战量子力学的，他坚信粒子应该具有确定的位置和动量，不满于量子力学的不确定性和随机性。但是，EPR实验却出现了量子A和B之间"鬼魅般的超距作用"，信息传递的超光速，违反了他的相对论。所以，他认为量子力学肯定有错误。这种说法正确吗？

答：这里所说的内容基本与上边相似，所谓的量子A与B之间出现的"鬼魅般的超距作用"，信息传递的速度超过光速，这里的量子A与B，实际上就是前面所说的"意识"思维粒子。它们确实有着不确定性和随机性。量子力学也确实是不完美的。

问：EPR实验现象既然是一个真实的效应，而不是一种悖论，那么"量子隐形传态"（quantum teleportation）是否就是一个重要的应用了？

答："量子隐形传态"（quantum teleportation），在各种科幻小说中早已是大有作为了！大家难道没有看到吗？在很多神幻电视剧中，主人公那种神奇的突然间不见了，转而又忽地一下子在另外一个地方出现了，不就是"量子隐形传态"理论的一个很好应用实证吗？哈哈！

问：现在我们周围有越来越多的人都期望，科学将会发生重大的变化，科学信仰和宗教信仰的界限将会逐渐消失。您认为有这个可能性吗？

答：生活在物维空间的人类世界，人们之所以会对科学与宗教有着不同的认知与信仰，就是因为目前人们对一些神秘现象还有一些不同的错误认识与误解，导致对一些最先进的科学知识一时还难以接受！就是因为这些神秘现象，不足以让人们以物质的形式所感知而造成的。"思维信息因子"在某种意义上说也是物质的，在我们的物质世界，它早已经被人们以物质形式加以熟悉与运用了。因此，它也就不再那么神秘了。当人们不认识它的时候，当然就会有一定的神秘感，也就会将其归入各种信仰之中了。但是随着科学技术的不断发展，终有一天人们会发现，原来那些神秘而看不见的微小的"信息粒子"，竟然也是可见、可感、可用、可控的！那些无论是被科学手段所证实的，还是被宗教所信奉的神秘现象，原来都是由那个一直无法显露在世人面前的"信息粒子"所表演出来的"剧情"啊！到了那一天，无论是科学还是宗教，抑或是对种种神秘现象的信仰，都会殊途同归地走在一起！他们之间所有的纷争与界限也就会逐渐消失。

　　读者朋友的问题都很专业，我的回答却很科幻，希望不会让朋友们失望，不妥之处还望大家批评指正！

灵紫
写于《天幕：一个宇宙信息记录员的日记》重印之际
2015年8月14日

创新力改变世界

"为什么我们的学校总是培养不出杰出人才?"这是著名的"钱学森之问"。

"尽管中国古代对人类科技发展做出了很多重要贡献,但为什么科学和工业革命没有在近代的中国发生?"这是著名的李约瑟之谜。

近年来,我在编辑图书的时候收集了大量世界各国国民实力及素质比拼的第一手案列,其中最为震惊的是:国际评估组织对全球21个国家的调查显示,中国孩子的计算能力排名第一,而创造力和想象力却垫底!历数20世纪以来影响人类的重大发明,我们遗憾地发现没有一项专利权属于中国人。

金融危机时期,美国《纽约时报》国际关系专栏作家弗里德曼认为,尽管面临可怕的境地,但若用想象力和创新能力来衡量,美国的国力并没有下降。

著名战神拿破仑也曾经说过"想象力统治世界",这句话犹如晴天霹雳,直击事实真相,裹挟着我们潜下心来,思考着这样一些问题——我们的教育是培养只会学习的机器还是具备想象力和创新力的活生生的人?

中国并不缺乏想象力和创新力,而是缺乏对想象力和创新力的培养。造成这一现象的原因很多,其中科幻阅读的薄弱不可忽视!

因为它兼具科学与幻想两大元素，而后者比前者更为重要，爱因斯坦就指出想象力比知识更重要："因为知识是有限的，而想象力概括世界上的一切，推动着进步。"而同时，科幻作品不仅仅是文学，它更是一个民族想象力与创新力的体现。在能源、资源急剧枯竭的今天，创新力是影响一个国家、一个民族未来发展的关键。美国大片十有八九是科幻大作，从《2001太空漫游》的划时代意义到《地心引力》《星际穿越》在全球被追捧，科幻的脚步走得越来越宽广。电影在中国大卖说明中国人也在追逐世界的步伐，中国的读者和观众也热爱科幻作品。但是，事实上我们自己创作的科幻作品却没有跟上读者和观众的欣赏要求。

怀着这一思考，我开始有意识地进行调研。结果也正如我所想，几乎所有在工作中屡屡展示创意的员工，都有过青少年时期阅读科幻的经历。同时，那些对科幻大片着迷的职场人士，很多会在工作中表现出与众不同的创造力！而对科幻漠然，甚至厌恶的人，则更容易在工作中机械死板，缺乏创新能力，个别甚至成为他人和企业发展的障碍！这虽然只是一些概率事件，但是，科幻阅读对提升想象力和创新力的作用仍由此窥得一斑。

这使我更加坚信，科幻图书是必须要做，而且需要大力去做的事情。清华大学名誉客座教授杨振宁在中国科幻出版最困难的时候，曾经指出，中国应该大力发展科幻出版，这一点不同于美国……美国可以说是世界科幻出版和阅读量最大的国家。

调查中，我还发现，即使非常喜欢科幻的读者，也大多读的是国外的科幻作品，他们纷纷抱怨，国内原创科幻太少，内容也太缺乏想象力！好不容易挖掘出一些几十年前的经典科幻作品，现在一看，那些曾经不可思议的东西，如今基本都实现了。

为此，我们非常焦虑：深植于中国文化，特别是现代中国文化背景下的原创科幻少之又少!

  我把这些想法和社会各界人士进行了广泛的交流,得到了一致认可:清华大学出版社理应成为筹划和推广科幻类图书出版的重要基地。由此,我们开始了历时5年、艰难的科幻图书出版之路,并且在选择作者和挖掘作品的时候,将想象力作为最重要的衡量指标!如今,饱含汗水的作品一本本开始面世,希望它们能给每一个渴望发展想象力和创新力的学生和职场人士带来收获!

  新经济时代,是一个创新引领潮流的社会,必然需要科幻文化领域的引导与追捧,未来3~5年,世界必然会掀起由中国引领的新科幻文化狂潮。

山海经

美到窒息的精美插画仰观山海

国学鬼才孙见坤精研解读

精美裸书脊

诚制独一无二的山海精

月球三部曲之一：月球人

从YA文学狂热粉到畅销书作家
美国哥伦比亚大学华裔高才生精心写就YA图书
横扫全球7语种！